Vingummi med parfyme

AV BJARTE FLEMING

En novellesamling fra Fleming Entertainment

Utkommet første gang 2010
I Blakstad Pocket

© Fleming Entertainment

www.experiment-resources.com

Trykket i USA
Omslag: Tudor Maier
Redaktør: Oskar Blakstad

IBSN: 978-1-4477-4920-2

Spesiell takk til:
Charlotte Antonsen
Celine Hartmark Fjukstad

Innhold

En erotisk novelle under
månelandingen i juni 1969

*"That's one small step for man;
one giant leap for mankind"*

Jeg likte ikke de nye vennene mine. Vi var for ulike. Universitetslivet hadde vært en skuffelse så langt.

Husker godt at mor sa det ville være sunt for meg med litt tid i storbyen.

- Bli nå venner med dine likesinnede, sa hun, og da smilte jeg alltid stolt. Jeg likte at hun visste jeg var sær men intelligent.

Husk nå og vær høflig og ydmyk Terje, avsluttet hun alltid brevene med. Jeg savnet henne.

Oslo er en vanskelig by, spesielt om man kommer fra bygda.

Likevel var jeg egentlig heldig. Med litt hjelp fra en av mors mange elskere, hadde de ordet meg med en egen leilighet på Frogner. 19 kvm og innlagt vann var egentlig luksus. Jeg savnet likevel mor og alle samtalene våre. Det var ikke det samme å få brev.

Etter en stund så jeg faktisk at studentlivet hadde sine fordeler. Jeg kunne fordype meg i det jeg elsket mest, uten at noen blandet seg inn om hva som var pensum eller ikke.

På papiret studerte jeg riktignok religion (noe meg og mor hadde blitt enig om) men i virkeligheten var det kun romfart som interesserte meg. Yuri Gagarin var den store helten fra begynnelsen, og jeg hadde egentlig håpet at Sovjetunionen skulle vinne kappløpet. Selv om mor sa at vi var imot kommunismen. Det viktigste var tross alt at vi mennesker kom oss til månen, mente nå jeg.

Jeg hadde ventet på denne dagen i en evighet. Sovjetunionen hadde vunnet, men likevel tapt. USA kom til å være første nasjon til å plante flagget. Det var 21. juni 1969

Det er helt uvirkelig å tenke på. Tenk dere; besøke Månen..... Jeg følte en glede over å være en del av denne milepæl i menneskets historie, men også en sorg over alle de som ikke brydde seg.

De såkalte nye vennene mine (Koop & Ewanboy) kalte meg alltid skolelys og brilleslange, selv om jeg ikke engang brukte briller. Jeg brydde meg egentlig ikke. Jeg tenkte kun på den planlagte måneferden. Ned til den aller minste detalj tenkte jeg på Buzz og måneferden.

Det hendte likevel at hjernen dro av sted. Den dro ofte til kvinnen i leilighet 207. Vi hadde jo tross alt tatt trikken sammen flere ganger. En gang smilte hun til meg. Da merket jeg at det skjedde noe med hele kroppen. Jeg fikk nupper på armene og buksesmekken ble trang. Fikk egentlig bare lyst til å klemme henne hardt. Det endte med at jeg nikket høflig, smilte og hoppet av på en holdeplass hvor jeg ikke kjente meg igjen.

Det samme skjedde i dag. Vi ble stående inntil hverandre på trikken og det myldret av mennesker rundt oss.
Det var tross alt den kommende månelandingsdagen.
Plutselig kysset hun meg på kinnet.

Hun sa: - du ligner jo på Buzz Aldrin, kjekken.

Det svimlet for meg. Jeg viste ikke hvordan jeg skulle skjule hevelsen i buksa.

- Takk, jeg vet. - Mor sier også det, sa jeg selvsikkert mens jeg forsiktig styrte venstre hånda ned i buksa for å skjule hevelsen.

Jeg bare elsket Buzz. Jeg elsket ham faktisk mer enn Yuri Gagarin. Jeg hadde lest alt jeg kom over om Buzz, hadde sett ham på bilder i magasiner og aviser, og jeg hadde også hørt stemmen hans på radio flere ganger. Hvordan kunne hun vite? Hvordan kunne hun virkelig vite at det var Buzz jeg ønsket å være?

Merkelig, skulle ønske at mor var her.

Det var godt å endelig være tilbake i den lille leiligheten min. Jeg hadde hoppet av trikken noen stopp for tidlig også i dag. Er egentlig ganske ubehagelig å småløpe med reisning som ikke vil gi seg. Men det var uansett verdt det. Jeg tok meg til kinnet og smilte, kunne fortsatt føle det ferske kysset. Men nå hadde jeg ikke tid til flere avsporinger, jeg kikket bort på radioen som stod på bordet. En Tandberg jeg hadde fått av mor til jul. Vi hadde egentlig ikke råd til en så kostbar modell, en Sølvsuper 10. Den var av det beste som fantes på markedet og i tillegg norsk. Jeg elsket henne for den gaven.

Da skulle vel alt være klart for en spennende kveld og natt. Jeg hadde til og med handlet inn vodka og selters

som jeg skulle feire denne begivenheten med. Nøyaktig
når selve månelandinga ville finne sted, var noe uklart.
Men i løpet av denne natten ville nok Buzz ha tatt sine
første steg på månen. Tidsforskjellen til Houston var
6 timer. Veldig merkelig dette med tid, tenkte jeg. Hva
er egentlig tid, og hvilken tidssone bruker man egentlig
på månen? Jeg regnet med at Buzz var på Houston
tid, og hadde derfor skaffet meg en egen veggklokke
som viste tiden i Houston. Jeg smilte fornøyd, var så
tilfredsstillende å være godt forberedt. Så skrudde jeg på
Sølvsuperen og la meg til rette på sofaen.

Jeg våknet brått av at det banket på døren. Kikket raskt
på klokken og fant ut at jeg hadde duppet av et par
timer. Jaja, ingen krise, men hvem kunne det være?

-Hei kjekken, kan jeg komme på besøk? Det var 207
som stod ved døren min. Hun smilte lurt og holdt opp
en flaske vin. - Det hadde selvsagt vært veldig hyggelig,
svarte jeg.

- Det er bare det, at akkurat i dag så passer det litt dårlig.
- Åhh, skal du høre månelandingen helt alene?

- Jeg lover å være helt stille sa hun, og smatt inn i
leiligheten før jeg rakk å stoppe henne.

Jeg stod stille en stund og kikket ned i gulvet før jeg
lukket døren etter meg. Hvorfor akkurat i dag? Dette
blir katastrofe, tenkte jeg. Da jeg kom tilbake til sofaen
hadde hun allerede skjenket opp to glass med vin.
Hun holdt det ene glasset ut mot meg mens hun dro
et glidelås tegn over munnen, vridde rundt en usynlig

nøkkel og kastet den. Jeg tok imot glasset med vin og gikk bort til radioen hvor jeg skrudde opp lyden. Mest for å poengtere at her var det kun månelandingen som betydde noe.

Vet ikke helt hvor lenge vi satt uten og si noe, men det var faktisk jeg som sa noe først. Vinen var tom nå og vi hadde begynt på vodka og selters. Hadde faktisk vent meg til selskapet hennes. Hun hadde jo virkelig holdt løftet sitt, ikke en lyd hadde kommet fra henne. Hun var så utrolig vakker. Brune øyne, mørkt langt hår og et smil som fikk frem hvite tenner og to smilehull på høyre side. Det var noe sensuelt over kvinnen i 207. Men det var likevel det som skjedde på radioen som fikk meg helt ut av fatning.

"It has just been decided that Neil Armstrong will be the first to set foot on the moon"

- Hva?? Sa jeg og reiste meg fra sofaen.
-Det kan ikke være sant, Neil Armstrong?? Jeg så ned på henne.

- FAEN I HELVETE, skrek jeg.

Jeg bannet aldri, og jeg hadde kun hørt mor banne en gang i mitt liv. Det var etter at jeg hadde spurt hvem som egentlig var faren min. Jeg pratet aldri mer med mor om den saken. Men i dag bannet jeg altså, og skulle jeg banne en gang i mitt liv, så var det i dag.

FAEN SATAN I HELVETE,
NEIL ARMSTRONG.

Det var 207 som fikk roet meg. Hun reiste seg og kysset meg vått på munnen. - Slapp av Terje og sett deg ned igjen,
- Buzz kommer jo bare noen skritt bak.
- Takk, hvisket jeg.

Etter en stund lo vi begge av utbruddet mitt. Vi lo stille for ikke å overdøve stemmene fra radioen. Vi hvisket til hverandre mens vi drakk vodka og selters. Det var blitt en hyggelig kveld. Og da jeg kom tilbake etter en tur på toalettet i 2.etg, så hadde 207 kledd av seg og lå nå på sofaen under ett pledd. Hun smilte og jeg merket for første gang i kveld at hevelsen var tilbake.

- Er det greit at jeg hviler litt på sofaen din, spurte hun. Jeg ble litt skuffet. Skulle hun hvile nå? Nå som månelanding var så nær? Meget urutinert tenkte jeg for meg selv.
- Men skulle jeg sovne, så må du vekke meg når det skjer noe spennende på radioen.
- Jeg skal holde vakt, men jeg tror ikke det er så lenge til landing nå, sa jeg alvorlig.

Jeg merket at hun kikket på bulen i buksa mi før hun la seg til rette og lukket øynene med et lite smil.

Jeg lente meg tilbake og nøt det siste av vodkaen. Stemmene fra radioen hadde en beroligende effekt. Jeg slappet virkelig av til de rene lydene fra Sølvsuperen. Meg og deg Buzz tenkte jeg. Meg og deg.

Etter en stund kom det svake snorkelyder fra sofaen, det irriterte meg, selv om jeg måtte lytte for å høre dem.

Jeg vurderte å vekke henne, men ble nysgjerrig på det som skjulte seg under pleddet. Jeg løftet det forsiktig til side. Hun hadde lys underbukse på og jeg skimtet de mørke kjønnshårene gjennom den. Rolig og forsiktig bøyde jeg meg ned og luktet. Sakte dro jeg også ned trusen mens jeg holdt øye med ansiktet hennes, hun sov fortsatt. Jeg ble overasket over hvor vilt og skarpt hårene føltes mot leppene mine. Nesten som stålull tenkte jeg, mørk vakker stålull.

Men det fikk holde, hva ville mor sagt? Jeg ble skamfull og forsøkte forsiktig å få på plass trusen igjen. Da kjente jeg plutselig at hånden hennes la seg over min.

- Bare fortsett Terje, men bruk tungen denne gangen.

Jeg stivnet først noen sekunder, men så gjorde jeg som hun sa. Jeg begynte å slikke de skarpe kjønnshårene hennes. Jeg likte denne mørke stålullen. Hun virket ikke helt fornøyd og tok til slutt tak i hodet mitt og skjøv meg lenger ned mellom bena. Det var fuktigere her og smakene var ukjente men opphissende.

- Ikke så fort Terje
- lenger ned Terje.
- Litt til venstre nå
- Fortere Terje, litt fortere

Jeg begynte å bli sliten i tungen, men jeg gjorde som hun sa. Etter en del frem og tilbake virket det endelig som tungen jobbet på rett sted. Hun pustet tyngre nå. Det var pirrende og lytte til lydene hennes. Smaken, lukten og de skarpe mørke hårene. Alt var så opphissende. Det gikk for meg to ganger under denne tungeøvelsen, men det visste jo ikke 207. Plutselig rykket det i kroppen hennes. Hun grep hardt rundt hodet mitt og holdt det stille. Jeg ble redd, hadde jeg skadet henne?

- Kom hit, jeg vil ha deg inni meg nå, hvisket hun omsider. Hun smilte, jeg kunne se at hun var glad. Heldigvis tenkte jeg. Hun er uskadd.

Jeg lå over henne nå, og hun tok tak i hevelsen min og førte meg inn. Rytmen og bevegelsen kom av seg selv. Jeg følte jeg var skapt for dette og jeg merket en latent drift slippe seg løs. Nå skulle mor ha sett meg tenkte jeg.

- Dypere, stønnet hun, og jeg kjørte på, raskere og dypere.
- Du er så god Terje, bare litt til nå. Hun stønnet og ynket seg mens jeg kom for tredje gang denne kvelden, inni henne denne gang.

Jeg var sliten, mettet og fornøyd. 207 lå inntil meg uten å si noe. Hun strøk meg over brystet da jeg hørte de berømte ordene for første gang.

"That's one small step for man; one giant leap for mankind"

Jeg kunne se for meg Buzz Aldrin komme ned stigen på landingsfartøyet til Apollo-11. Bare noen skritt bak Neil Armstrong. Meg og deg Buzz, tenkte jeg. Meg og deg.

Elitloppet

År	Hest	Kusk	Land	Vinnerodds	Vinnertid
2002					
2001	Cocktail Jet	Jean-Etienne Dubois	Frankrike	1,47	1.10,7
2000	Cocktail Jet	Jean-Etienne Dubois	Frankrike	3,52	1.09,9
1999	Remington Crown	Joseph Verbeeck	Frankrike	4,10	1.12,6
1998	Moni Maker	Wally Hennessey	USA	2,20	1.10,6
1997	Tidalium Pelo	Jean Mary	Frankrike	1,80	1.14,7
1996	Moni Maker	Wally Hennessey	USA	2,20	1.10,6
1995	Titan Star	Stig H Johansson	Sverige	1,41	1.12,2
1994	Titan Star	Stig H Johansson	Sverige	1,59	1.11,0
1993	Sea Cove	Joseph Verbeeck	Tyskland	2,51	1.11,9
1992	Titan Star	Stig H Johansson	Sverige	2,40	1.11,8
1991	Eileen Eden	Johannes Frömming	Italia	1,39	1.11,3
1990	Copiad	Erik Berglöf	Sverige	2,38	1.11,8
1989	Napoletano	Stig H Johansson	Sverige	1,57	1.12,8
1988	Mack Lobell	John D Campbell	USA	1,52	1.11,3
1987	Utah Bulwark	Stig H Johansson	Sverige	6,31	1.12,1
1986	Rex Rodney	Kjell Håkonsen	Norge	1,51	1.13,4

I 1998 ble det født en veddeløpshest i Sverige av beste ætt. Det var en varmblodshest og den var avlet fram av Sveriges mestvinnende traver gjennom tidene. Selveste Titan Star.

Det var på en hestegård i Örebro at føllet ble født. Familien Söderlund som eide den tradisjonsrike gården hadde et godt rykte innen travmiljøet i Sverige og ble sett på som ledende inne avl på hest. Pressen var også på plass denne dagen og det ble arrangert en navnekonkurranse i det kjente tidsskriftet Trav & Galopp.

Hele Sverige fulgte spent med på utviklingen til den unge veddeløpshesten. Det hadde nemlig ikke vært så enkelt å få avlet frem avkom av selveste Titan Star. Den mestvinnende traveren ville ikke formere seg. Og ekspertene ble aldri enige om hingsten var homofil, aseksuell, kresen eller bare doven. Dette hadde skapt store problemer for familien Söderlund, og Titan Stars manglende drifter hadde hittil kostet mer enn 150 millioner i tapte avlsinntekter.

Det finnes nemlig strenge regler for avl på veddeløpshest, og det er ikke lov å bruke inseminering som befruktningsform. Man er derfor avhengig av en viss grad av seksuell aktivitet fra hingstens side. Det var derfor en lettelse å spore i ansiktene på gården denne dagen. Endelig hadde de fått et avkom fra travsportens største legende. Men det hadde kostet. Titan Star hadde vært flere måneder i terapi på en avsidesliggende japansk øy omsvermet av hopper. Til slutt hadde hingsten endelig gitt etter. Men det hadde vært i siste liten. Familien Söderlund var snart tom for kapital, og det stiltes enorme forventninger til den nyfødte hingsten. Selv om Titan Star hadde vært en gullgruve i sin tid var det nå flere år siden gården gikk med overskudd.

Det var en gledens dag og familien Söderlund ble intervjuet av flere aviser og tidsskrifter som var på plass. Det ble også tatt bilder av den unge hingsten som ennå ikke hatt fått noe navn. Den var velskapt og hadde en stolt holdning allerede fra første dag. Alt virket å være i skjønneste orden med vidunderbarnet.

På denne gården ble det samme dag også født en liten Ponni. Et flott eksemplar. Vakker og robust. Den lille ponnien fikk ingen oppmerksomhet denne dagen, men den fikk et flott navn. Brownie var en modig og aktiv liten ponni som skulle få stor innvirkning på resten av hesteflokken på gården.

Tre år etter den begivenhetsrike dagen i 1998 ble det sendt et TV-team til hestegården i Örebro. Det var i forbindelse med det årlige Påske derbyet som ble arrangert på gården. En helg med uformelle konkurranser i forskjellige grener. Lokale ryttere og hesteentusiaster konkurrerte i dressur, sprang og trav. Og det var selvsagt travkonkurransen det var størst forventninger til. Den unge hingsten Coop skulle delta i sitt første travløp. Det hadde ikke blitt noe av navnekonkurransen til tidsskriftet Trav & Galopp. Eierne av gården trengte penger, og den store norske konserngruppen Coop hadde derfor sponset navnet på den unge hesten. Det var ingen ideell situasjon, og mange reagerte på det uvanlige navnet. Men det viktigste var likevel at Coop for første gang skulle få testet seg i et løp mot andre hester. Folk var spente.

Ponnien Brownie var den eneste av hestene som deltok i samtlige grener denne helgen. Brownie var en allsidig hest og barnas klare favoritt. Den var selvsagt uten muligheter i noen av grenene, men den fikk likevel mye oppmerksomhet. Coop og Brownie hadde nemlig utviklet et nært forhold det siste året. Det virket nesten som de to hestene hadde en form for vennskap. Dessuten var det uvanlig at ponnier og veddeløpshester gikk spesielt godt overens. TV-teamet fattet derfor interesse da de så hvordan de unge hestene fulgte hverandre overalt under oppvarmingen før travkonkurransen.

Brownie hadde havnet på sisteplass i både sprang og dressur denne helgen. Og for å gjøre det ekstra spennende i travkonkurransen var det laget en egen travbane for den populære ponnien. Brownie skulle løpe i en bane godt innenfor løpebanen til de andre travhestene. Han fikk på denne måten en kortere vei rundt banen, samtidig som han kunne løpe side om side med sine konkurrenter. Det var likevel få som øynet ponnien muligheter mot de trente travhestene.

Da løpet endelig kom i gang var det ikke uventet Coop som lett tok teten til stormende jubel fra alle de fremmøtte. Han ledet an i elegant trav og fikk et forsprang som økte for hver meter. Brownie holdt følge med resten av feltet i sin innerste bane, til barnas store fornøyelse.

Det så lenge ut til å bli en parademarsj for Coop,

men midtveis i løpet skjedde det noe. Coop virket plutselig veldig sliten og holdt ikke lenger den samme farten. Resten av feltet tok innpå og da de nærmet seg oppløpssiden var feltet samlet igjen. Også Brownie var med i tetbildet, selv om ponnien nå virket helt utkjørt. Det ble spennende helt til mållinjen, men Coop måtte til slutt se seg slått av en travhest fra nabogården. Brownie kapret tredjeplassen til vill applaus fra publikum. Ponnien var helt sluttkjørt og kunne nesten ikke holde seg oppreist.

Etter løpet var det likevel Coop som var samtaleemne. Hadde hesten gått på en Brink? Eller var han rett og slett ikke i samme klasse som sin berømte far. Söderlund familien var skuffet. En 2. plass i Påske derbyet var selvsagt bra, men de forventet så mye mer av den unge hingsten. TV-teamet mistet interessen for Coop etter 2. plassen og det var den heltemodige ponnien som stjal overskriftene.

I månedene som fulgte ble Coop trent hardere enn noen gang, og hesten gjennomgikk også alt av fysiske tester og prøver. Gården var helt avhengige av at Coop ble en vinner, og de måtte allerede til sommeren begynne å konkurrere for fullt.

Men de var rådløse. De fant ingen feil med Coop, han var et prakteksemplar av en travhest og hadde et løpesett som var elegant og effektivt. Ingen hadde heller noen gang sett en toppfart i trav som den Coop hadde. Selv ikke Titan Star hadde hatt bedre rundetider på gården. Det var bare det at Coop ikke holdt helt til mål, hesten virket alltid sliten tidlig på treningsøktene.

Etter en stund og ved en tilfeldighet ble også Brownie med på travtreningen på gården. Det viste seg at Coop ble inspirert av den lille kameraten sin. Han tok seg mer ut på trening da Brownie presset han i sin indre bane. Ponnien hadde et vinnerhjerte og tok seg alltid helt ut på treningsøktene. Dette smittet også over på Coop som etter hvert presset seg hardere og hardere for hver dag.

Da V6 sesongen startet i 2002 var Coop en topptrent veddeløps hest i sin beste alder. Han var nå blitt 4 år og skulle ta fatt på sin første sesong i varmblodsklassen. Den gjeveste av alle travklasser.

Sesongen startet likevel ikke særlig bra. Det var det samme som skjedde i vært løp, Coop holdt ikke til mål og gevinstene uteble. De forsøkte å bytte taktikk og la Coop gå roligere ut og ligge bakerst i feltet, men dette hjalp heller ikke. Det viste seg at det var de løpene hvor Coop gikk ut for fullt at han var med i teten fram mot mål. Familien Söderlund ble mer og mer frustrerte over den dyrebare veddeløpshesten og noe måtte gjøres. To tredjeplasser så langt i sesong var ikke godt nok. De var fortvilet og bestemte seg for å satse alt fram mot årets store høydepunkt. Det gjeveste av alle travløp. Elitloppet.

Årets største travfest på Solvalla travbane var bare 2 måneder unna og de droppet derfor resten av V6 sesongen for å prikke in formen. Treningen på gården i Örebro fortsatte hardere enn noen gang og med en supersprek ponni i indre bane. Brownie presset Coop til det ytterste.

Elitloppet er Sveriges og kanskje verdens største og mest prestisjefylte travløp. Det ble første gang arrangert i 1952, og avgjøres alltid den siste søndagen i mai på Solvalla. Det er her legender skapes og føres inn i historiebøkene. Titan Star hadde vunnet dette løpet hele tre ganger. Hvert år inviteres hester fra ulike deler av verden for å delta, og det er bare de beste hestene som er med. Coop hadde ingen resultater og vise til denne sesongen. Derimot hadde han senket en rekke rekorder på rundetider rundt om i Sverige og var derfor spesielt invitert.

Det var en solrik og varm siste søndag i mai. Tribunene var fulle og nervøsiteten til å ta og føle på denne formiddagen. Den store favoritten var fjorårets vinner, den franske giganten *Cocktail Jet*. Coop var ikke levnet store sjanser og hadde fått ytterste startspor.

Autostarten var i gang og det ble helt stille på Solvalla travbane. Da startbilen akselererte startet Coop sitt livs løp i et voldsomt tempo. Han dro fra resten av feltet og ingen klarte følge. Første runde gikk unna på rekordtid og Coop ledet med en halv langside halvveis i løpet. Men så skjedde det som alle fryktet. Coop mistet toppfarten og feltet tok innpå for hver meter. Kusken pisket og presset Coop til det ytterste men på oppløpssiden var han tatt igjen. Historien hadde gjentatt seg og *Cocktail Jet* ledet da de nærmet seg mållinjen. Coop presset ut det siste av hestekroppen og på mirakuløst vis fikk han hodet først over streken. Det eksploderte på Solvalla. Endelig en svensk vinner igjen. Vidunderhesten fra Örebro hadde klart det umulige. Men plutselig stilnet jubelen. Coop hadde kollapset like over mållinjen og det oppstod nesten panikk ute på travbanen. Coop ble fraktet i all hast til veterinæren men livet stod ikke til å redde. Årets Elitlopp vinner var død. Det ble en trist siste søndag i mai 2002. Overskriftene varte i flere dager og alle spekulerte i dødsårsaken til den historiske veddeløpshesten.

Da obduksjonsrapporten endelig kom, slo den ned som en bombe i travmiljøet. Coop var født med bare en lunge. Det skulle ikke være mulig. Familien Söderlund var knust, nå skjønte de endelig. Økonomien på gården var reddet men gleden for travsport ble aldri den samme.

Et moderne sagn

" *Time is of the essence in the evening* "

I 1990 ble det født et pikebarn i Bonn i Tyskland. Hun hadde 10 fingrer og 9 tær. Hun var vakker. Jenta gråt ikke da hun kom til verden, men hun sang. Foreldrene i samråd med en sykepleier ble enige om at hun skulle hete Maya.

Det var en underlig og vanskelig tid i byen Bonn. For bare 8 måneder siden hadde muren falt, og Berlin steg fram som Tysklands nye samlende hovedstad. Det ingen i denne vesle byen viste, (eller i Berlin og hele Tyskland) var at Maya om noen år skulle forene nasjonen til det riket det var tenkt å være.

Maya sang da hun var sulten og hun danset for å få byttet bleie. Hun likte ikke de rare lydene fra foreldrene sine, ei heller lydene fra radio og TV. Men hun elsket de lydene hun laget selv. Maya trommet seg selv i søvn de første årene, og hun smilte alltid da hun sovnet.

Da Maya var fire år danset hun sin første hit, en ungdoms låt som senere skulle forandre verden. Hun trommet og danset ikke for fred og frihet, men for mennesket.

Foreldrene Karl og Maria var selvsagt svært stolte av den talentfulle datteren sin, men likevel også rådløse og redde for hva de hadde skapt. De fikk henne ofte til å opptre for venner og familie, og Maya leverte alltid varene.

Etter hvert ble Karl og Maria varsomme da de så

hvordan Maya elsket oppmerksomhet. Hun strålte alltid når hun hadde et publikum, og fikk selv den trauste bonde og sørgende enke til å dra på smilebåndet.

Hun var 6 år da hun kom på radio for første gang. Hun formidlet en ungdommelig glede gjennom sine barnslige tekster og rytmer, og hun fikk Bonn til å smile i en vanskelig tid.

Da Maya begynte på skolen var hun allerede vel kjent i byen Bonn. Hun hadde deltatt på konkurranser og tilstelninger med musikken sin, og hun gledet både barn og voksne. På skolen ble hun raskt lærernes nye yndling og også barna elsket henne. Hun var god og snill mot alle, og hun gledet dem.

Hver morgen begynte hun skoledagen med å fremføre en ny sang hun hadde laget for klassen sin kvelden før. Det var en fornøyd klasse på den lille barneskolen. Maya gjorde alltid leksene sine grundig og godt, men alt var for enkelt. Hun hadde så mye hun ønsket å formidle og brukte derfor tiden sin på musikk. Det var en god tid og Maya var lykkelig den første tiden på skolen.

Etter en stund følte hun seg likevel ensom. Maya var alltid populær og hadde aldri uvenner på skolen, men hun manglet en ordentlig venn, en person som virkelig kunne forstå henne. De andre barna elsket henne, men ingen ville likevel være hennes nærmeste venn. Kanskje var de litt redde for den talentfulle jenta, hun var jo alltid i sentrum og den beste i klassen.

Maya drømte hver natt at hun en gang skulle møte sin sjelevenn. En venn eller venninne hun kunne dele sine innerste tanker med. De skulle fortelle hemmeligheter til hverandre mens de hvisket og lo sammen. Sangene hun skrev i denne tiden handlet ofte om ensomhet.

Da Maya gikk ut av skolen var hun kjent i hele Tyskland. Hun hadde vunnet priser og hatt låter på toppen av hitlistene. Men hun manglet fortsatt en ekte venn. Hun var blitt en meget vakker ung kvinne. Pressen og folket elsket henne for musikken og for hennes vakre utstråling.

Maya var 19 år da hun møtte sin store kjærlighet, sin sjelevenn.

Det var under et talkshow at de møtte hverandre. Han kalte seg *Koop den tredje* og var en av tysklands største og mest kjente artister. *Koop den tredje* var artistnavnet hans, men folket kalte han bare Koop, og svært få kjente hans egentlige navn. Han var 8 år eldre enn Maya og en kjekk ung mann. Høy, mørk og meget sjarmerende.

Koop vokste opp i øst Berlin på 80-tallet, og han hadde en fin barndom uten for mye pomp og prakt. Men da Vesten åpnet seg for den unge mannen, kastet han seg på boyband bølgen. Sammen med 3 kamerater fra tidligere øst Berlin, dannet de gruppen *Koop Nation*. Hvor Koop selv var bandets frontfigur. Koop Nation slo aldri igjennom i Tyskland og det var kun i øst at de hadde litt fans. Det var ikke før Koop startet for seg selv at karrieren virkelig satte fart. Han hadde kun gitt ut et album (Koop; one nation one world) men toppet til gjengjeld listene i lang tid. De siste årene var Koop mye i rampelyset, han holdt konserter og deltok ofte på slike talkshow.

Maya og Koop falt hodestups for hverandre fra første sekund, og en hel nasjon fulgte deres lekne flørt og lidenskapelige kyss på direkte sendt TV. Det sies at denne sendingen har blitt sendt oftere i reprise enn noen annen sending i TV historien.

Koop og Maya var som skap for hverandre og hele Tyskland fulgte dem nøye. De var blitt et symbol på gjenforeningen av øst og vest. En hel verden følte seg mer samlet gjennom deres kjærlighet. Men det skulle ikke vare.

Det begynte likevel så bra for det unge paret. De var oppslukt i hverandre og startet sin forelskelse med å reise rundt i verden. De besøkte kjente byer og steder og ble tatt imot som stjerner hvor enn de dro. De var lykkelige og opplevde verden sammen.

Etter alle reisene flyttet Maya til Berlin og inn i Koops flotte toppleilighet. De hadde en fin tid, og brukte tiden på hverandre.

Etter stund ønsket Koop å lage et nytt album. Han var sulten på ny suksess og ønsket å skrive musikken selv. Maya brydde seg ikke, hun var fortsatt bare opptatt kjærligheten og ønsket en pause fra musikk. Hun ville at Koop skulle være lykkelig.

Men det gikk trått med de nye låtene til Koop den tredje. Han ble aldri fornøyd med det han lagde, og fikk ikke til å overgå sitt første album. Han var frustrert og begynte å drikke på kveldene. Men heller ikke det hjalp på kreativiteten hans, og han drakk oftere og i større mengder.

Maya syntes så synd på kjæresten sin, og en kveld tok hun saken i egne hender. Koop hadde sluknet på sofaen med spritflasken på magen. Maya ryddet den forsiktig bort og la et pledd over sin kjære. Hun satte seg ned og studerte låtene han jobbet med. Etter hvert rettet og forandret hun på både tekst og noter. Hun forsøkte og etterligne skriften hans og gjøre endringene så usynlige som mulig. Hun ville ikke såre ham.

Da Koop kom til seg selv dagen etter ble han overrasket over hvor bra låter han hadde laget i alkorusen. Han forsøkte å finpusse på låtene og gjøre dem bedre, men det gikk ikke. De var perfekte.

Koop sluttet ikke å drikke, men var endelig i godt humør igjen. Maya fortsatte derfor å hjelpe ham til han hadde fått laget et nytt Album.

Koop fikk strålende kritikker for den nye plata si, og alle mente han hadde overgått sitt første album. Han dro på turne alene og frydet seg over den nye suksessen. Han skjøv Maya lenger og lenger bort før han en dag forlot henne for godt. Han ville ikke binde seg, han var så sulten på nye inntrykk, nye kvinner.

Maya ble sønderknust, og det sies at hun gråt sammenhengende i flere uker. Hun flyttet tilbake til Bonn og foreldrene sine.

En dag våknet hun heldigvis med et smil igjen, hun hadde jo tross alt opplevd kjærligheten, og musikken kunne ingen ta fra henne. Maya startet å lage musikk igjen. Hun hentet også frem gamle låter fra barndommen, hun pusset støv av dem og gjorde dem bedre.

Til slutt hadde hun et fantastisk album av både nye og gamle ungdomslåter. Da Maya endelig ga ut sin nye plate gikk tittelåten *Time* rett til topps på listene i Tyskland, og det gikk ikke lenge før resten av verden fulgte etter. Det var den perfekte låt, og den handlet om mennesket og om tiden. *Time* slo alle rekorder, og over hele verden kunne man høre det kjente refrenget runge ut fra radioen

"Time is of the essence in the evening". Den lå på toppen av alle lister i over ett år.

Det gikk ikke like bra med Koop. Han var på sitt tredje album nå, og han var frustrert. Samme hva han gjorde eller hvor mye han drakk, så klarte han ikke lage god musikk igjen.

En dag satt han seg edru ned og studerte notatene fra sin forrige plate. Han ble rasende da han forsto. Ikke på Maya, men på seg selv. Han var skamfull og han gråt. Hvordan kunne han forlate sin sjelevenn. Han bestemte seg for å lage en låt til henne.

Han jobbet og slet og sluttet å drikke. En dag etter flere måneder var han endelig fornøyd.

My Angel floppet dessverre totalt i Tyskland, og den nådde aldri andre land. Koop ble regelrett mobbet i media etter den nye singelen sin. Det var en sukkersøt kjærlighetssang uten sjel, og en anmelder kalte den sågar kvalmende. Men det betydde ikke noe for Koop, for Maya elsket den. Hun var stolt og rørt. Ingen hadde noen gang skrevet en låt til henne. Hun tok imot Koop med åpne armer og hun var lykkelig igjen.

Denne gangen flyttet Koop til Bonn, og de levde et godt liv i den lille byen. De fikk en sønn sammen, og døpte ham med artistnavnet Ewanboy. Han hadde ti fingrer og ni tær. Ewanboy var vakker. Han gråt ikke da han kom til verden, men han sang.

4 Erectionman

Nick Gordon er ingen vanlig ung mann. Han har superkrefter. Og med superkrefter følger stort ansvar. Nick er raskere, sterkere og mer utholdende enn noen annen mann, men han føler seg likevel utilstrekkelig.

Nick ble født i en bydel av Chicago i 1981 og han hadde to stolte foreldre som fra første dag lærte han opp i rett og galt. Det var likevel noe annerledes med Nick. Noe legene på fødestuen ikke helt kunne sette fingeren på. Stoffskiftet hans var annerledes enn hos andre barn, og han produserte også store mengder med testosteron allerede som baby. Nick ble også født uten hår på kroppen og hadde unormalt store testikler. Men bortsett ifra det, var han som alle andre guttebarn. Han var lykkelig og uvitende der han lekte i den lille hagen utenfor familiens bolig.

Mor og Far Gordon fikk beskjed av legene om å gå på jevnlige kontroller med Nick for å følge utviklingen på de unormale verdiene til den lille gutten. De første årene gjorde de som legene sa. Men da ekspertene aldri ble enige, sluttet de å følge legenes råd. De ønsket ikke presse sønnen deres gjennom unødvendige og smertefulle tester. Nick var normal, han manglet bare litt hår.

De elsket den lille gutten, han var så rolig og beskjeden og gjorde aldri noe galt. Også på skolen gikk det bra for Nick, han fikk raskt gode venner og mange å leke med. Det ble den første tiden noe mobbing på grunn av at Nick var skallet, men det gikk raskt over. Og etter en stund var det ingen som lenger tenkte at Nick Gordon var et annerledes barn. I klassen var det også ei jente som Nick hadde spesielt godt øye til. Vakre Cindy. Hun var klassens yngling. Hun var vakker, morsom og god. Alle likte henne, men ingen elsket henne som Nick gjorde. Nick og Cindy ble bestevenner, og de gjorde alt sammen.

Hver sommer tilbrakte de tiden på hytta til foreldrene hennes. Det var en god tid. De badet, lekte og spilte spill sammen. Det var bare et problem. Cindy var forelsket i klassens urokråke Holger. Han var stor og sterk og den beste i gym. Nick gjorde som han ikke brydde seg, han ville ikke at noe skulle ødelegge vennskapet deres. Det var likevel smertefullt å høre når Cindy fortalte om sine følelser for Holger. Men Nick var sterk, og han støttet henne alltid som venn.

Det var da Nick begynte på ungdomskolen at livet hans plutselig forandret seg. Han var kommet i puberteten og hormonene boblet. Han hadde som alle andre gutter på den alderen ofte reisning når det var jenter i nærheten. Og det gjorde heller ikke saken bedre at Cindy nå var vakrere enn noen gang.

Det var når reisningene inntraff at det skjedde noe med kroppen til Nick. Han fikk ekstra energi, ekstra krefter og hurtighet. Det virket nesten som hele kroppen var en del av reisningen hans.

I gymtimene var dette både en fordel og en ulempe. Nick var utilnærmelig i sine prestasjoner, og ikke engang Holger kunne måle seg. Men det hadde sin hake. Og det varte ikke lenge før Nick fikk kallenavnet "Nick med ståpikk". Det var Holger som først hadde funnet på dette. Holger var ondskapsfull og det gjorde ikke saken bedre at Holger nå var kjæreste med hans beste venn. Hans vakre Cindy.

Men en dag skjedde det noe. Nick var på vei hjem fra skolen og gikk for seg selv. Vanligvis tok han alltid følge med Cindy, men i dag gikk hun hånd i hånd med Holger et stykke foran ham. Nick fulgte henne hele tiden med blikket. Han hadde reisning igjen.

En rød Volvo kom plutselig rundt gatehjørnet i en forferdelig fart. Den fikk skrens og klarte ikke svingen. Nick så med en gang at den hadde retning mot Cindy og Holger. Han kjente at ereksjonen var på maks og reagert lynkjapt. Det virket nesten som alt gikk i sakte film da han løp mot dem, alt bortsett fra ham selv. På et øyeblikk var han borte hos Cindy og dro henne i sikkerhet. Han kikket så bort på Holger som fortvilet prøvde å komme seg unna. Nick nølte et øyeblikk, så kastet han seg mot Holger for å redde ham også. Men han var for sen. Bilen traff Nick med fronten, og han ble slengt opp på panseret med Holger over seg. De for gjennom luften og Nick kunne se den sjokkerte bestevennen sin langt der nede. Vakre Cindy tenkte han.

Verden gikk fortatt i sakte film. Nesten som om tiden stod stille. Han fikk øye på to måker og fulgte dem med blikket mens han grep rundt Holger og ventet på den harde asfalten.

Nick kom etter hvert til seg selv og hørte lyder av folk som skrek og ropte. Alt hadde vært så stille, men nå

hørte han sirener og høylytte stemmer. Han kjente en
hånd legge seg over reisningen. Han åpnet øynene.
Cindy gråt. Hun tok av seg jakken og la den over
hevelsen. Så kysset hun Nick forsiktig på pannen før hun
reiste seg og løp.

Ingenting ble helt det samme etter ulykken. I lokalavisen
ble det skrevet artikler om mirakelgutten. Dagens helt
som hadde reddet to medelever og selv kommet fra
ulykken nesten uten en skramme. På skolen mottok han
hyllest fra lærere og medelever. Men forholdet til Cindy
var ikke lenger som før. Hun unngikk ham, og Nick
skjønte ikke hvorfor. Var det på grunn av ereksjonen?
Eller var det fordi han hadde nølt et øyeblikk før han
forsøkte å redde Holger? Han følte seg utilstrekkelig for
første gang.

Det gikk ikke like bra med Holger. Han lå fortsatt på
sykehus og legene trodde ikke Holger kom til å gå
igjen. Han måtte forberede seg på et liv i rullestol. Det
hadde vært flere vitner til ulykken, og ingen skjønte at
Nick hadde kommet uskadd fra det hele. Han hadde jo
tatt støyten både fra Volvoen og det kraftige fallet mot
asfalten. Mirakelgutten. Nick likte ikke det navnet. Han
ville gjerne ha et kallenavn, men noe annet. Heldigvis
var det ikke lenger mange som brukte *"Nick med
ståpikk"*.

Årene på ungdomsskolen gikk uten flere dramatiske
hendelser og *"mirakelgutten"* var glemt da Nick begynte
på videregående. Han hadde ønsket å komme på samme
skole med Cindy i håp om en dag å komme henne nær
igjen. Men Cindy begynte på en annen skole på andre

siden av byen. Hun smilte når de møttes og ga ham alltid et kyss på munnen, men de pratet ikke stort lenger. Nick savnet samtalene deres, blikkene og den fine latteren hennes.

På videregående ble Nick en av mengden. Han jobbet hardt på skolen og gjorde det godt, men holdt seg mye for seg selv. Han hadde også lært å beherske sin enorme styrke og hurtighet. Han trengte bare tømme seg for å holde sine evner i sjakk. Han tok seg alltid en runk før skolestart og en i storefri. Det var ikke mer som skulle til. Det viste seg at Nick ble sterkere og hurtigere jo lenger han gikk uten utløsning. Han måtte likevel holde igjen i gymnastikktimene for ikke å skade noen.

En sommer bestemte Nick seg for å teste sine begrensninger. Han holdt ut nesten en måned uten og tømme seg, og hver dag ble han litt sterkere. Den siste uken hadde ereksjonen vært konstant og det gjorde vondt. Men styrken hans var umenneskelig. Han klarte å holde igjen en buss ut fra holdeplassen med bare en hånd. Og da han løp alt han maktet kom det kraftige smell rundt ham, han brøt lydmuren.

Nick fullførte videregående med et sterkt vitnemål og foreldrene Gordon var stolte av sønnen sin. De kjente hemmeligheten hans men oppmuntret aldri Nick til å bruke kreftene sine. Nick fikk jobb som taxisjåfør etter skolen og trivdes godt med å kjøre rundt i Chicago med ulike mennesker. Han ble godt kjent i den store byen og fikk også unik kunnskap på hva som rørte seg av kriminelle gjenger i de ulike bydelene.

En dag fikk han overrakt en gave av mor Gordon.

-Jeg er stolt av deg sønnen min, sa hun.
- Kanskje får du en gang bruk for den. Hun hadde laget den selv og smilte lurt da Nick åpnet gaven. Det var en tettsittende drakt i neopren. Den var grå og hadde et hvitt sekskantet symbol på brystet.

- Er den ikke fin Nick?
- Ser du den er merket med et hexagon på brystet, det passer jo bra til deg. Nick visste ikke helt hva et hexagon symboliserte men han var glad for gaven.

Drakten ble plassert under førersetet i taxien. Den kunne jo hende at han en dag måtte bruke kreftene sine for fullt. Da var det greit å kunne skjule identiteten sin. Det var kun foreldrene Gordon som kjente hemmeligheten hans. Han var samtidig litt skeptisk til den tettsittende drakten. Det var umulig å skjule ereksjonen i den tynne neoprenen. Det var en ærlig drakt, og det var det viktigste. Jeg skammer meg ikke over den jeg er, tenkte Nick.

På denne tiden begynte det å komme rykter om en ny aktør i det kriminelle miljøet i Chicago. En ung skruppelløs forretningsmann styrte mer og mer av de illegale virksomhetene. Han hadde på rekordfart blitt mektig og fryktet, og selv de tyngste mafiaklanene var nå urolige. Den nye aktøren hadde fått en finger med i det meste som foregikk i Chicago. Han hadde egne folk som infiltrerte begge de politiske blokkene. Folk var urolige, også den sympatiske borgemesteren. Det var valg til sommeren.

I politiet fantes også tilhengere og støttespillere til denne nye aktøren, og ingen visste lenger hvem man kunne stole på. Samtidig drev han sin forretningsvirksomhet med kjøp og salg av store konsern og bedrifter.

Finansmarkedet hadde ikke vært det samme etter *Der Bomber* kom på banen. Kallenavnet hadde han fått etter måten han drev business på. *Der Bomber* kjøpte opp sine konkurrenter for så å rasere dem. Det var en gåte hvordan han klarte og overtale store aksjeeiere til å selge når de visste hvordan han la konsernene i grus en etter en.

Nick merket seg ryktene om denne *Der Bomber*, og han var på vakt. Den nye drakten kom i grevens tid, tenkte han. Men det passet dårlig med denne trusselen nå. Nick hadde den siste tiden fått smaken på vakre kvinner. Og det var nettopp her han hadde sin store svakhet. Ikke det at han presterte dårlig i senga. Langt derifra. Nick var en gave til kvinners nytelse, og ryktene om denne virile mannen uten hår hadde allerede begynt å versere i enkelte kretser. Men det var et dilemma med disse damene. Nick var på sitt aller svakeste etter han tømte seg i en kvinne. Utløsningen var kraftigere enn ellers og det kunne gå timer før han var i stand til å reise seg. Hvorfor kan man ikke få i pose og sekk, tenkte Nick. Hvorfor må jeg være utilstrekkelig?

Det var vanskelig å balansere denne lysten på kvinner med den tryggheten han følte når han var avholdene.

Han forsøkte og holde kvinnene på et minimum og gikk til innkjøp av et brett Viagra. Sammen med de erotiske videoklippene han hadde på iPod'en utgjorde de en nødløsning. Han hadde også lagret bilder av vakre Cindy om det virkelig skulle være krise.

Det nærmet seg sommer og Nick merket han gledet seg. Helt uventet hadde han blitt invitert med på hyttetur av Cindy. Han hadde truffet henne i natt da hun plutselig satte seg inn i taxien hans. Hun var beruset og i godt humør etter et besøk på en av byens mange nattklubber. De ble sittende og mimre om gamledager da Nick kjørte henne hjem. Nick lekte med tanken på å fortelle henne sin hemmelighet. Men det var nok tryggest å vente.

Han var sliten etter en lang nattevakt i taxien, men likevel i godt humør etter den gode nyheten. Det var en regntung mai morgen i Chicago. En dag som for alltid skulle forandre tilværelsen for Nick Gordon.

På det store torget i byen var det rigget opp en scene og flere storskjermer. Det var i forbindelse med valget som nå gikk mot slutten. De forskjellige borgemesterkandidatene skulle holde en siste appell til velgerne og det var ventet store folkemengder. Nick bestemte seg for å ta noen ekstra timer i taxien. I dag var det gode penger å tjene.

Folk strømmet til torget utover formiddagen og solen tittet frem. Nick kjørte i skytteltrafikk med ulike passasjerer og han bestemte seg for å ta en pause da appellen til den sittende borgemesteren begynte. Han satt i Taxien ikke langt fra den store scenen og nøt en velfortjent sterk kopp kaffe. Han la også merke til alle sikkerhetsvaktene, de var alle bevæpnet og stod tett i tett foran publikum. Litt merkelig at alle vaktene er kvinner tenkte Nick, vakre kvinner i uniform. Han tenkte på Cindy og hytteturen igjen og merket at ereksjonen raskt var på plass.

Den aldrende borgemesteren begynte appellen med å takke for oppmøte til de fremmøtte. Han er en god man tenkte Nick, han skal få min stemme. Plutselig forsvant både lyd og bilde fra storskjermene og borgemesteren virket forvirret. Ikke lenge etter kom bildet tilbake men denne gangen av en mann i noe som lignet en avansert rullestol.

- Dere kjenner meg som *Der Bomber*, kom det fra høyttalerne. Nick merket at bildene fra mannen i rullestol kom fra en høy bygning. Det måtte være fra Casino Royal like bak torget.

Plutselig lettet rullestolen fra bakken og *Der Bomber* fløy kontrollert gjennom luften mens bildene av ham fortsatte over storskjermene. Det gikk et gisp gjennom forsamlingen. *Der Bomber* talte videre.

- Fra og med i dag vil Chicago være min by.
- Valget er avblåst og jeg overtar nå som ny borgemester. Alle de kvinnelige sikkerhetsvaktene hadde nå snudd seg rundt og rettet våpnene mot scenen. De virket å være i en hypnotisk tilstand. Den fortvilte og skrekkslagne borgemesteren var opplyst av lasersikter mot hode og bryst.

Nick hadde allerede fått på seg drakten og stormet ut av taxien og løp mot scenen. Han beveget seg lynkjapt og dro den gamle mannen i sikkerhet idet skuddsalvene startet.

Etter å ha reddet borgermesteren fra kuleregnet fortsatte han mot de kvinnelige sikkerhetsvaktene. Han for gjennom forsamlingen i et voldsomt tempo og tok ned en etter en. Det oppstod panikk i den store folkemengden og ingen skjønte hva som foregikk. På bare et øyeblikk var vaktene uskadeliggjort og våpnene deres brukket i to. På storskjermen hadde *Der Bomber* stoppet ferden sin mot scenen ved det store torget.

- Hvem våger å trosse meg, kom det til slutt fra høyttaleranlegget. *Der Bomber* var rasende. Plutselig forsvant bildet fra skjermene og alt ble stille, Nick kunne skimte rullestolen lang der oppe. *Der Bomber* hadde gjort retrett. Nick løp for å komme seg usett fra de store folkemassene og hvilte ikke før han var trykt hjemme hos foreldrene Gordon. Han var utslitt og sovnet idet han la seg ned på sengen.

Nick våknet neste morgen av at mor Gordon satt ved sengen hans Hun så alvorlig ut.

- Jeg tror du bør ta en titt på dagens overskrifter Nick, sa hun svakt og rakte ham forskjellige aviser.
- Du er blitt førstesidestoff nå, det var da endelig godt du hadde på deg den fine drakten i går. Nick kikket gjennom de forskjellige avisene.

Han prydet førstesiden på samtlige, og hadde fått en rekke ulike navn. *Bonerboy redder dagen, Hardon hero, Erectionman, Testikkel helten.* På alle bildene var ereksjonen synlig. Den lå som vanlig skrått mot venstre. Også de store testiklene kom frem på bildene. Pokker ta denne tynne neoprenen, tenkte Nick. Han dro av seg drakten han hadde sovet i og gikk for å ta en kald dusj.

Nick bestemte seg for å ligge lavt de neste dagene. Den dramatiske dagen på torget preget fortsatt nyhetsbilde. Om og om igjen vistes TV-bilder i sakte film der Nick redder borgemesteren og avvæpner vaktene. De kvinnelige sikkerhetsvaktene var blitt fengslet, men alle hevdet sin uskyld, og ingen husket noe fra den dramatiske dagen.

Bildene av *Der Bomber* gikk også hyppig. Det var noe kjent med mannen i rullestol, tenkte Nick. En rullestol som var proppet med elektronikk. Flatskjermer, styrespaker, antenner, og i tillegg kunne den altså levitere. Nick hadde på følelsen at det ikke var siste gang denne *Der Bomber* gjorde livet vanskelig for byens borgere. Det virket også som pressen hadde blitt enige om navnet på helten i den grå drakten. Det var Erectionman de til slutt hadde landet på. Nick smakte på det nye navnet. Det var egentlig et godt navn, det klinger nå i hvert fall bedre enn mirakelgutten, tenkte han. Det ble også spekulert rundt symbolet han hadde på brystet. Hvem var denne mystiske Erectionman?

Dagene gikk og Nick begynte å kjøre taxi igjen, men han holdt en lav profil. Han lyttet til ryktene som verserte, men *Der Bomber* var som sunket i jorden. En kveld ble

han igjen med en kvinne hjem. Det var så lenge siden
nå og hun var så vakker. Hun minnet ham om Cindy.
Kvinnen var nattens siste passasjer, og da hun bad Nick
inn på en drink som takk for turen, måtte han bare gi
etter.

Vel inne på det eksklusive hotellrommet fikk han et
glass whisky i hånden og ble bedt om å sette seg til rette
og vente. Ikke lenge etter kom hun ut fra badet kun
ikledd undertøyet. I hvitt sexy undertøy beveget hun seg
kattemykt bort til Nick og bet han forsiktig i øret. - Jeg
vil at du tar meg hardt i kveld, visket hun.

Nick tømte glasset med whisky i en slurk og så henne
dypt inn i øynene. - Da trenger vi store mengder
glidemiddel, - jeg er nemlig kjent for å holde et meget
høyt tempo, visket han tilbake. Hun smilte og fant frem
en tube hun hadde liggende under hodeputen. Det
ble ikke spart på glidemiddelet og Nick entret henne
forsiktig. Han begynte i et rolig tempo for å gjøre henne
klar for Nick Gordons spesial.

Etter en god oppvarming økte Nick frekvensen og hun
begynte å gi lyd fra seg. Han byttet også stillinger med
jevne mellomrom og håndterte henne som hun var en
dukke av luft. Ved bytte av stilling kastet han henne
alltid først opp i luften med kraftig skru før han tok
henne mykt imot og entret henne på nytt. Hun var i
ekstase nå og Nick tok henne bakfra mens han økte
tempoet til Nick Gordon nivå. Det varte ikke lenge før
hun startet å riste og var på vei mot orgasmen. Nick
bestemte seg for og komme selv, og han kom kraftigere
enn på lenge.

De var begge totalt utslitt og Nick var så svak at han ikke klarte røre en finger. Kvinnen lå noen minutter mens hun pustet tungt og hadde sporadiske rykninger i kroppen. Det var ikke hverdagskost og første gang få oppleve en Gordon spesial. Etter hvert kom hun likevel til hektene. Hun reiste seg fra sengen og kledde seg. Etter en stund tok hun fram mobilen og ringte mens hun studerte den utslitte mannen i sengen.

- Oppdrag utført, sa hun stille og la på. Like etter banket det på hotelldøren og hun gikk for å åpne. Nick lå hjelpesløs og så på da en kjent skikkelse i rullestol trillet inn i rommet.
- Takk for et fint show Nick Gordon, sa *Der Bomber* med et smil.
- Endelig møtes vi ansikt til ansikt igjen. Han lo og Nick kjente med en gang igjen den hånlige latteren.

Fortsettelse følger......... (i neste novellesamling)

Hyttetur

Det var fredag og siste forelesning var unnagjort. Det føltes deilig, det var helg igjen. Å for en helg det skulle bli. Hyttetur med kjemiklassen, i strålende vær. Det var varslet skyfri himmel og sol til langt over helgen, og Lise hadde sagt at hun gledet seg.

- Vi må huske polet før det stenger, kremtet Martin.
- Klart det. Jeg så opp mot den knallblå himmelen og tilbake på Martin, det rekker vi lett, null stress. Håper bare Lise blir med, sa jeg lavt.
- Samme det vel, hun er da ikke så digg. Jeg himlet med øynene og hevet stemmen.
- Hun er bare skolens deiligste og i tillegg singel. Dette blir en kanon helg Martin, tro meg.

Vi kastet oss i bilen og kjørte innom Martin for å hente hans ferdigpakkede bag før vi kjørte videre hjem til meg. Jeg hadde selvfølgelig ikke rukket å pakke ferdig og Martin ble som vanlig utålmodig og irritert.

- Nå må du se til helvete å skjerpe deg Gunnar, nå rekker vi ikke polet, og edru kan det bli tøft å få sjekka opp Lise vet du.
- Slapp av, om vi blir litt seine så ordner sikker Fredrik noen rødvin til oss, han jobber jo i kassa i dag.

Vi hadde egentlig god tid, etter min tidsberegning vel å merke. Martin blir alltid stressa av mine stramme tidsskjemaer så jeg følte meg forpliktet til å gi et ekstra tråkk på gasspedalen.

Jeg gledet meg vilt. Endelig noe å se fram til. Hadde hatt det ganske kipt den siste tiden. Var nysingel og hadde følt meg passe patetisk. Men ikke i dag, det skulle bli ei deilig helg. Mai måned er jo bare fantastisk med slikt vær, og en hyttetur på fjellet med resten av klassen lovet bra, spesielt med tanke på damene. Jeg gikk gjennom alt jeg hadde pakket, pleier alltid å glemme et eller annet. Fiskestang, mobiltelefon, bankkort, sovepose, SITRONPEPPER sa jeg høyt. I samme øyeblikk pilte et lite ekorn ut foran bilen. Det stoppet opp som om det ble paralysert av den store bilen. I siste sekund forsøkte det å snu for å løpe unna, men for sent. Jeg rakk ikke å bremse mange meterne før et svakt dunk hørtes fra undersiden av bilen.

- Sitronpepper utbrøt Martin, det der var et ekorn din idiot. Vi så på hverandre mens jeg stoppet bilen. Vi åpnet bildørene samtidig og gikk ut for å sjekke.
- Merkelig sa jeg, ingen spor etter det her på min side, ikke noe blod eller gørr eller noen ting. - Det var rart, ingenting her heller sa Martin. Vi så på hverandre igjen.
- Ja ja, det kom seg nok unna da kremtet jeg litt forsiktig, du skjønner de er noen tøffe jævler de ekorna, tåler mye bank.
- Du mener det ja, sa Martin oppgitt. Ja du har vel rett, vi får komme oss videre før polet stenger. Nå har vi ikke tid til flere forsinkelser.

Vi smålo litt innimellom etter denne hendelsen, men ellers var det stille. Martin var fin sånn, en behagelig kompis å være med. Vi kan sitte lenge uten å si noe til hverandre. Jeg liker å ha slike mennesker rundt meg. Personer du ikke trenger holde kunstige samtaler med, men heller nyte stillheten. Nå tenkte jeg på Lise igjen. Hadde virkelig fått øyene opp for henne. Mørkt langt deilig hår, to små smilehull på venstre side og en munn som ble ørlite skjev når hun pratet.

- Lurer på hvordan Lise er i senga hørte jeg meg selv si. Martin så oppgitt på meg igjen mens han ristet på hode.
- Jo da, det kan du kanskje finne ut av i helga om vi bare kunne rekke polet.
- Slapp av, vi har god tid. Ring Fredrik å få han til å holde av en treliters dunk til oss, du stoler tydeligvis ikke på tidsskjemaet mitt.

Vi kunne selvfølgelig bare stoppet ved en kolonial på veien og kjøpt oss pils til helga, og det skulle vi jo også. Men det er noe eget med rødvin, man blir liksom så varm og god. Kommer ofte i en slik romantisk mode, spesielt jentene. Nei, vi måtte rekke polet. Martin tenkte nok det samme, for han var allerede i telefon med Fredrik.

Fredrik ja. Han er noe for seg selv. Kjent ham og hele familien siden barneskolen. I dag jobber han på Vinmonopolet sammen med sin mor, far og hans tre år eldre søster. Han skulle egentlig bli marinbiolog, men hoppet av studie etter tre kjedelige år i Bergen. Nei nå satser han fult på karriere på Vinmonopolet. Det passer oss jo egentlig bra i dag, da jeg ser at vi nok ikke rekker det fordømte polet.

- Hva ble det til spurte jeg, skulle han ta med en dunk til oss. Martin lo litt.

- Han hadde allerede lagt ut for den rødvinen din, han sa han kjente altfor godt til de tidsskjemaene dine og at vi måtte plukke han opp på baksiden.

Fredrik hadde på seg den største ryggsekken du kan tenke deg.

- Vi skal bare være til søndag sa jeg, hva er det egentlig du har med deg.
- Nei, det er litt av hvert, man vet aldri hva man kan få bruk for på slike fjellturer.

Martin så på meg mens han himlet med øynene. Vi fortalte raskt om det stakkars ekornet, og det var en historie Fredrik likte svært dårlig. Han har et spesielt forhold til alle slags dyr. Fredrik insisterte derfor på at vi måtte stoppe på en bensinstasjon på veien. Der skulle vi kjøre bilen over en grav og forsikre oss om at ikke ekornet fortsatt hang fast i bilen. Først lo jeg det bare vekk, men det ble så mye mas om det ekornet at jeg til slutt bare måtte gi meg. Jeg merket med en gang at nå var det slutt på de stillhetene jeg liker så godt. Fredrik i motsetning til Martin er enormt pratesjuk, og jeg visste at kjeften hans nå ville gå i ett til vi var langt oppe på fjellet.

Vi hadde kjørt i litt under en time. Fredrik var midt i en historie om selfangst, var visst noe han hadde sett på discovery i går, idet han fikk øye på en Shell-stasjon lenger fremme. Her måtte vi bare stoppe, for her hadde han vært før og her hadde de grav.

- Ja, sving inn her sa Martin, passer bra, så stikker jeg og handler pils på Rema der borte. Vi var kommet ut på bygda nå, det var ingen andre kunder på Shell og grava var ledig.

I kassa stod ei lekker jente på rundt 25, hun virket litt stressa.

- Vær stille nå så skal jeg vise deg det nye sjekketrikset mitt sa jeg lavt til Fredrik mens vi gikk mot kassa. Han nikket tilbake som om han gledet seg.
- Hei sa jeg kjekt, en wienermeny samt VG og dagbladet. Hun laget den wieneren i rekordfart før hun kikket tilbake på meg.
- Var det alt? det blir 59 kr.
- Jeg tar det på kort, sa jeg.
- Da er det bare å taste koden din og husk å trykk avslutt to ganger. Jeg kikket raskt på Fredrik for å vise at nå begynte sjekkinga.
- Det der har du sagt noen ganger før tenker jeg. Hun så først litt forbauset på meg, men så lyste hun opp og lo.
- ja det stemmer det, jeg sier det helt automatisk nå. Hvor skal dere hen forresten?
- Vi skal på hyttetur, tenkte å starte sommeren litt tidlig i år smilte jeg. Du, det hadde ikke vært mulig å låne grava et øyeblikk, skulle bare sjekket et par ting under bilen.
- Det er klart dere kan, trenger dere hjelp?
- Neida brøt Fredrik inn, vi skal bare lete etter ekorn. Det ble stille en stund, jeg så ned i bakken før jeg så opp igjen på henne. Hun tenkte ennå.

Hun var søt der hun stod som et spørsmålstegn.

- Åja, sa hun til slutt. Det er sikkert ikke så dumt, bare kjør bilen over grava dere. Fredrik nikket bekreftende tilbake og takket.
- Ha det fint, sa jeg, vi ses kanskje igjen. Det kom ikke noe svar, virket som hun fortsatt stusset på om hun hadde hørt riktig.
- Jeg sa jo du skulle være stille, vi var med bilen nå, jeg var jo midt i sjekkinga.
- Ærlig talt Gunnar, hvilken sjekking, det der var jo bare noe kjedelig preik.

Fredrik var mest opptatt av å finne det ekornet og jeg lot det være med det. Jeg kjørte bilen over grava og Fredrik lette iherdig under bilen, han fant selvfølgelig ingenting. Da Martin etter hvert kom mot oss med to tunge Remaposer med pils fikk det være nok. Vi satte oss i bilen og kjørte videre

Folk var i gang med grilling da vi nådde hytta, og flere var allerede i lystig lag med pilsen i hånda. Turkomiteen hadde med seg mat til alle for hele helga, og det passet ypperlig med et grillmåltid nå. Jeg speidet etter Lise men kunne ikke se henne utenfor, kanskje inne i hytta tenkte jeg.

- Dere er de siste som vanlig Gunnar, sa en av komité folka, en stor kar med briller, noen kilo for mye, og som jeg aldri husker navnet på.
- Det ser sånn ut ja, sa jeg. Hvordan er det med sengeplasser forresten?
- Ser ut til at vi er en for mye, så en av dere må nok ta til takke med badstua svarte han. Både Martin og Fredrik så på meg mens de lo og nikket bestemt.

Her hersket ingen tvil, det var jeg som måtte sove i badstua. Det var straffen for alltid å være for sent ute, noe som ofte gikk ut over nettopp de to.

- Helt topp det, svarte jeg med et lurt smil. Da får jeg jo et lite elskovsrede helt for meg selv. Litt kipt å måtte ligge på firemannsrom med så mange single damer som det finnes her.

Latteren stilnet, men det var ikke på grunn av badstua, Lise stod rett bak meg og hadde hørt min lille kommentar. Faen, tenkte jeg, der røyk den sjansen.

- Så du har vært så heldig å få deg enkeltrom Gunnar, hvem er det du har tenkt å forføre med inn i elskovsrede da, hun smilt lurt og gikk videre bort til de andre jentene.

Jeg ble satt helt ut, noe jeg sjeldent blir, men denne gangen rakk jeg ikke å komme med mine ellers så kjappe replikker. Martin og Fredrik ristet lett på hode.

- Nå tar vi litt grillmat og setter oss i solen med noen pils sa Martin.

Det var ei flott hytte med stor stue og mange sitteplasser, kjøkkenet var helt enkelt. Hytta hadde fire soverom med køyesenger, en gedigen terrasse utenfor og selvfølgelig ei lita badstue. Ikke langt nedfor terrassen lå et stort vann med mange andre hytter hele veien rundt.

Vi hadde sittet på terrassen i solsteik i over en time nå. Mett og god var jeg blitt etter suveren grillmat.

Det virket som komiteen virkelig hadde lagt sjel i denne hytteturen. De fleste av fest deltagerne hadde vært borte hos oss, var liksom blitt en liten samlingsplass der vi satt på terrassen.

Fredrik kjente kun meg og Martin men var ikke flau av den grunn. Han hadde pratet mer enn oss to til sammen og fått riktig så god kontakt med de andre. Jeg var på min femte pils nå og begynte å bli litt rastløs. Lise var nemlig av de få som ennå ikke hadde vært borte hos oss.

- Vi setter oss inn litt gutter, så tar vi litt rødvin og koser oss, sa jeg. Det ble tatt som et bra forslag, da alle mente vi hadde fått nok sol for i dag.

Jeg hadde kun sittet stille i sola siden vi kom, og egentlig ikke merket noe til de fem pilsene. Men det var før jeg reiste meg opp. Holdt på å gå i bakken da jeg reiste meg, det var som å skru på en bryter der alkoholen plutselig begynte å jobbe. Jeg kom meg raskt over sjokket og fant ut at jeg var i kjempe slag.

De fleste av jentene satt allerede inne og stemningen var god. Jeg fikk øyekontakt med Lise og vekslet et smil. Vi satt oss ned der det var ledig og ble spredt litt rundt i den store stua. Vi hadde sittet en liten stund da Fredrik plutselig for opp og gikk til rommet sitt. Han var raskt tilbake med en bolle fra kjøkkenet og stor pose med vingummi fra bagen sin. Fredrik bare elsket vingummi og jeg så at posen allerede var åpnet, han hadde nok ikke kunne dy seg da han drev og pakket.

- Litt snacks må til sa han høyt mens han hev innpå et par stykker. Folk så litt på hverandre og stusset nok over valget av snack.
- Dette passer ypperlig til øl og vin fortsatte Fredrik, og det er bare å forsyne seg.
- Det lukter i hvert fall deilig, sa Hanne som var den av jentene som nå satt ved siden av Fredrik, lukter nesten litt parfyme sa hun.
- Ja, er det ikke fantastisk sa Fredrik og gaflet innpå mer. Det falt ikke i smak hos mange andre, og praten var nå i gang igjen.

Etter en stund var også alle guttene samlet inne i stua og lydnivå var blitt høyt. Jeg hadde ikke fått pratet noe med Lise, bare vekslet noen korte blikk og jeg funderte nå på hvordan jeg skulle ta kontakt. Da fikk jeg heldigvis uventet hjelp. En i festkomiteen, som helt klart hadde fått nok å drikke, ønsket plutselig at alle skulle reise seg å fortelle en vits hver.

Forslaget var ikke særlig populært, jeg kikket bort på Martin som kikket oppgitt tilbake. Stakkaren som hadde kommet med forslaget leita nå fortvila etter en utvei på bommerten.

- Gunnar, du er jo så god til å underholde, kan ikke du fortelle noe morsomt, sa han høyt.

Dette passet meg egentlig utmerket. Jeg elsket jo denne type oppmerksomhet og samtidig trengte jeg å vise meg for Lise.

- Det er klart jeg kan, svarte jeg selvsikkert. Jeg forteller dessverre aldri vitser, men er derimot meget bra på alle andre slags historier. Hva er det dere ønsker å høre da, sa jeg like selvsikkert.

Det var vinen som pratet nå og jeg ante ikke hva jeg skulle fortelle, men innså at jeg hadde sjansen til å imponere.

- Fortell noe dypt og vakkert kom det fra Hanne, hun hadde tydeligvis også fått nok vin og var i det romantiske hjørne. Dustejente tenkte jeg.

Noe dypt og vakkert? Som om det ble lett i denne settingen. Men vinen pratet igjen:

- Noe dypt og vakkert skal bli, da er det bare å finne fram lommetørklene jenter.

Jeg lette vilt etter mulige historier nå. Samtidig hadde den ellers så høylytte pratinga stilnet helt og all oppmerksomhet var rettet mot meg. I siste liten kom jeg på en e-mail jeg hadde fått for et par dager siden, den hadde handlet om livskvalitet. Jeg husket bare bruddstykker av mailen, men den fikk duge.

- Livskvalitet! Begynte jeg alvorlig. Jeg kan fortelle dere noe jeg opplevde på et seminar i København engang. Jeg diktet nå, hadde aldri vært i København og jeg kunne se at både Fredrik og Martin smilte lurt. Resten av gjengen fulgte likevel spent med.

En av foreleserne på dette seminaret var en merkelig liten dansk professor. Før han presenterte seg, begynte han å rote i en liten koffert han hadde med.

Han tok først fram et tomt syltetøyglass som han deretter fylte med stein. Da det ikke var plass til flere steiner, spurte han oss: "Er glasset fullt nå?" Vi var alle saktens enige om at det var det jo!

Så tok Han frem noen små steiner. Han puttet dem ganske forsiktig ned i glasset mens han ristet på det. De små steinene falt ned i tomrommene mellom de store. Da glasset var proppet til kanten, spurte han igjen; "Er glasset fylt nå da?" Alle var enige om at NÅ var det i hvert fall fullt!

Da professoren så tok frem en pose med sand, begynte mange av oss å le. For han kunne jo saktens helle en hel del sand ned mellom sprekkene som fremdeles var mellom steinene. Og han fylte glasset helt opp med sand.

"Nå!", sa den lille professoren alvorlig, " Nå vil jeg at dere forestiller dere at dette glasset er deres liv!" "De store steinene er de betydningsfulle tingene i livet deres. Familien, kjæresten, barna, deres helse, - altså ting som gjør at selv om dere skulle miste alt annet, vil livet deres fremdeles være fylt!"

" De små steinene er de mindre viktige tingene, som for eksempel jobben, bilen, huset. Mens sanden er alt annet pjatt!"

Jeg tok en liten pause og kikket rundt. Merket at guttene begynte å miste interessen nå, dette ble nok for kjedelig. Fortsatt virket likevel jentene helt med og Hanne hadde et meget forventningsfullt blikk over seg. Lise virket ikke like fascinert men hun fulgte da med. Martin så bare spørrende ut, han lurte nok på hvor i all verden dette skulle ende. Og det gjorde for så vidt jeg også.

Jeg Fortsatte:

"Husk" sa professoren, "at hvis dere først fyller glasset med sand, da blir det ikke plass til små og store stein. Det samme gjelder for livet! Hvis dere bruker all deres tid og energi på små, ubetydelige saker, da blir det ikke plass til de viktige tingene! Ha alltid fokus på hva som er viktig for nettopp deg, slik at du blir lykkelig! Lek med dine barn, sett av tid til legebesøk og gå på byen med din Kjære. Likevel vil dere oppdage at det fortsatt er tid til å jobbe, gjøre rent huset og alle andre "småstein og sand". Fyll ditt liv med store steiner - ting som virkelig betyr noe".

Professoren så utover forsamlingen, før han tok frem og jekket en øl. Ganske forsiktig helte han hele ølen ned i glasset med sand og stein. Han snudde seg så mot salen og sa; "Og moralen er!! Uansett, samme faen hva som skjer i livet ditt, er det alltid plass til en øl!!!"

Jeg hevet pilsen jeg selv hadde i hånda, og utbringte en skål. Responsen var overraskende positiv og alle lo og smilte mens de skålte med. Den eneste som virket litt skuffet var Hanne som nok hadde håpet på en noe mer romantisk avslutning.

Lydnivået på forsamlingen steg raskt igjen og jeg satte meg rolig ned og følte jeg hadde fått nok oppmerksomhet på en stund.

De fleste av oss var godt beruset nå og stemningen var herlig. Det lå mye flørting i luften og jeg hadde merket at Lise kikket oftere og oftere bort på meg. Hun så fantastisk fin ut der hun satt i sofaen lett rød i kinnene. Jeg ventet bare på at det skulle bli ledig ved siden av henne så jeg kunne flytte meg bort.

- Er du blitt dårlig Fredrik, hørte jeg Martin si. Fredrik hadde til ham å være egentlig vært usedvanlig stille den siste tiden og så ikke spesielt god ut.
- Føler meg ikke helt god nei, svarte Fredrik. Det må ha vært et eller anna jeg har spist.

Vi så på hverandre før Martin kikket videre bort på bollen ved vingummi. Den var nesten tom nå og det var ikke stort andre enn Fredrik som hadde forsynt seg. Martin tok bollen til seg, luktet på den før han smakte på en av de få som var igjen.

- Disse er jo dynket i AfterShave eller noe, lo han. Ikke så rart du føler deg dårlig
- Visste det var noe galt, sa Fredrik. Jeg har sittet og gulpet parfyme lenge nå, det må ha lekket ut i sekken min.
- Jeg tror jeg trenger litt frisk luft, sa han og forsvant ut av hytta.

Det varte ikke lenge før han kom inn igjen, men han var fortsatt dårlig og Fredrik var den første som gikk å la seg. Det ble litt omrokeringer etter dette og da det ble en ledig plass ved siden av Lise, var jeg rask til å flytte meg.

- Har sittet og ventet litt på at det skulle bli ledig her, begynte jeg og smilte forsiktig mens jeg satte meg ned.
- Det har jeg også, sa hun. Skulle veldig gjerne hørt mer om disse utenlands seminarene du reiser rundt på. Vi lo begge to og begynte å prate litt om skolen.

Hun var enkel å prate med og samtalen fløt bra. Var egentlig litt imponert over meg selv. Det hadde blitt en del pils og vin siden festen startet, men formuleringene mine var stødige og ganske fornuftige. Klarte likevel ikke alltid følge helt med på det Lise pratet om. Hun så fantastisk ut og luktet så godt, samtidig dukket det av og til opp fantasier om hvordan denne kvelden kunne ende. Stort bedre enn dette blir det ikke tenkte jeg og bestemte meg for å prøve å holde rusen på dette nivået. Det stod en mugge med vann på bordet og jeg lot vindrikkingen få en pause.

Vi satt lenge og pratet, mest om enkle ting som skole, reisemål og framtidsplaner. Jeg hadde lukket omverdenen ute de siste timene og egentlig ikke merket at de fleste nå hadde tatt kvelden. Festen var gått over i nachspiel. I tillegg til meg og Lise, var det bare Martin og to andre jenter som fortsatt holdt det gående. Martin satt og underholdt Hanne og ei venninne med historier om den forsvunne byen Atlantis. Han var tydelig full nå og jentene lo av nesten alt han sa.

- Blir du med og tar et nattbad, kom det plutselig fra
Lise. Hun kikket spørrende på meg.
- Nakenbad da, spurt jeg.
- Ja det er klart. Det var stille en liten stund mens vi så
på hverandre. Vi møtes utenfor da, sa hun før hun reiste
seg og gikk mot rommet sitt. Det gikk noen sekunder før
jeg kom til meg selv og spratt opp av sofaen.
- Vi tar en tur ned til vannet vi, sa jeg til trekløveret som
satt i den andre sofaen. Det kom aldri noe svar.

Var ikke mulig å få kontakt med dem der de satt og
diskuterte Atlantis. Jeg var raskt inne i badstua mi og
kledde av meg. Fant tilslutt fram et lite håndkle jeg så
vidt fikk brettet rundt livet og gikk ut. Lise stod allerede
utenfor i ei gul badekåpe og så som vanlig flott ut. Vi
gikk nedover mot vannet uten å si så mye. Det var friskt
ute men ikke kaldt, hadde likevel en mistanke om at
alkoholen produserte en falsk varmefølelse. Det var
stjerneklart og halvmåne. Lyset fra hyttene og månen var
reflektert i vannet, og det var egentlig ganske lyst nede
ved den lille brygga som tilhørte studenthytta.

Vi smålo litt og kikket skeptisk på hverandre da vi kom
ned på brygga. Det var ikke før nå at jeg tenkte på å
helvetes kaldt det vannet måtte være. Kunne ikke være
mer enn maks ti grader på denne tiden av året.

- Er du sikker på at dette er så lurt, sa jeg. Ser rimelig
kaldt ut det vannet.
- Sistemann er en feiging, hun lot badekåpen falle og
stod stille i et par sekunder.

Jeg stod et stykke bak henne og blikket festet seg med engang på den deilige rumpa. Ei fast bra rumpe støpt i runde former. Trodde først at hun hadde ei lita truse på seg, men det var nok bare et svakt skille fra noen timer i solarium. Hun stupte uti, og i et kort øyeblikk så jeg rett inn dit jeg ønsket å se. Ingen truse her nei!! Stupet var ikke det mest stilfulle jeg har vært vitne til, men et vakkert syn var det, spesielt fra min vinkel. Lise hylte nesten panisk da hode dukket opp igjen og svømte raskt inn mot brygga. Jeg kastet håndkle og stupte uti jeg og. Vannet var isende og jeg mistet pusten av sjokket. Klarte ikke gi fra meg en eneste lyd eller trekke pusten før jeg var oppe på bryggen igjen. Lise hadde allerede fått på seg badekåpen og stod og hutret litt mens hun studerte meg. Jeg kikket raskt ned for å sjekke hvordan det stod til med karen mellom beina. Det var som jeg fryktet, han hadde trukket seg tilbake etter sjokket og var mindre enn vanlig.

- Større enn dette blir han dessverre ikke, sa jeg og så opp igjen på henne. Hun lo før hun kysset meg raskt på munnen
- Kom, vi går opp til hytta og får litt varme i oss igjen.

Det var bare Hanne som var igjen i stua da vi kom tilbake. Hun lå rett ut på den største sofaen og pustet tungt. Vi fant et pledd å la over henne og satte oss ned mens vi lo og visket litt av snorkelydene som kom fra andre siden av bordet. Det varte ikke så lenge før denne viskingen utviklet seg til lett kyssing. Etter en stund med visking, rødvin og lett kyssing befant vi oss snart nakne inne i badstua.

Lett kyssing var blitt til klining og hendene mine jobbet rolig rundt på den nakne kroppen hennes. Rumpe og pupper var mine hyppigst besøkte steder, og spesielt puppene. De var medium store, spenstige brystvorter og føltes fantastisk å ta på.

Ble litt besatt av de puppene hennes og brukte nok i overkant mye tid der oppe. Hun virket til slutt lei brystfokuseringen min, og jeg flyttet oppmerksomheten til innsiden av lårene og herlighetene der nede. Det varte ikke så lenge før jeg ikke orket vente lenger og jeg la meg forsiktig over henne. Vi lå stille en liten stund mens vi så på hverandre og jeg smilte forventningsfullt før hun hjalp meg inn. Jeg startet i rolige bevegelse og fant en bra rytme. Lise begynte etter hvert å puste tungt og jeg økte automatisk tempoet. Det var nok ikke så smart, for jeg merket raskt at dette kunne være over før det egentlig var ordentlig i gang.

Dette blir et helvetes kort samleie tenkte jeg, og bestemte meg for å prøve dråpe trikset. Nå var timingen viktig og jeg kjørte på til jeg kjente at utløsningen gjorde seg klar. I siste øyeblikk stoppet jeg opp og kneip igjen.

- Hva er det du driver med sa hun lavt, ikke stopp nå!! Men jeg trengte et par sekunder til og holdt igjen det jeg maktet. Hadde heldigvis fått senket hode så hun ikke kunne se det anspente ansiktsuttrykket mitt. Må ha sett gal ut i de sekundene og hadde neppe fått fortsette med øyekontakt. Jeg klarte å holde igjen og slapp kun ut et par dråper før jeg startet bevegelsen igjen. Knip og hold teknikken hadde kjøpt meg en ny start, men tempoet var høyt og det varte ikke så lenge før jeg var klar igjen.

Denne gangen lot jeg det bare strømme på, og etter noen herlige sekunder lå jeg i dyp søvn med handa godt plantet på den venstre puppen hennes.

Jeg våknet utpå formiddagen og hadde sovet som en stein. Lå en liten stund og studerte taket på badstua mens jeg gikk gjennom gårsdagens hendelser. Smilte litt for meg selv når jeg tenkte på Fredrik og vingummien. Tenkte raskt videre på Lise og gjenopplevde de ferske minnene med et enda bredere smil om munnen. Full pakke gitt, hmm, på første kvelden. Lå lenge slik og nøt tilværelsen før jeg merket at jeg var alene i badstua. Hun hadde neppe hatt fult utbytte av natta i badstua, men kunne da for faen sagt noe før hun stakk. Mistet raskt den gode feelingen og ble defensiv i tankegangen. Drittkjerring tenkte jeg, ikke så lett å prestere første kvelden. Dagens forbanna opplyste samfunn, nei, skulle heller levd for hundre år sida, da kvinnene ikke visste bedre. Jeg begynte så smått å kle på meg for å ta fatt på denne helvetes lørdagen da jeg fikk øye på den gule post-it lappen på døra.

Takk for i natt !!!
Har dratt på fisketur med Hanne og Cecilie
Ses snart ☺

Fikk med en gang tilbake smilet og den gode feelingen jeg våknet med. Samtidig hadde jeg nå at snev av dårlig samvittighet for de negative tankene jeg hadde sendt henne. Merkelig tenkte jeg, pleier da aldri å være så følsom på dette område jeg. Åpnet tilslutt døra og gikk ut for å ta fatt på denne praktfulle lørdagen.

Roma

When the Big Bang theory was originally proposed,
it was rejected by most scientists and enthusiastically
embraced by the pope, because it seemed to point to
a creation event. While many scientists now view
the Big Bang theory as the best explanation of the
available evidence, and the Catholic Church still
embraces it, some conservative Christians (usually
Fundamentalists) go extremly far to reconcile modern
science with the literal reading of the book of Genesis,
The Bible.

Thomas Söderlund

Det var torsdag kveld og tre nyforelskede par satt spendte og forventningsfulle i en høyde av 30000 fot. Det var blitt høst nå og etter en intens og hektisk sommer passet det bra med en romantisk tur til Roma. Det hadde vært mye venting på flyplassen, så det var deilig å endelig være på vei. Billettene hadde jeg selvfølgelig bestilt i siste liten og ikke alle av oss fikk plasser ved siden av hverandre.

Jeg hadde havnet ved siden av en liten gutt med "reiser alene" skilt rundt halsen, Han satt ved vinduet nå. Det var egentlig min plass, men etter at han pratet så søtt med ei av flyvertinnene, hadde hun fått oss til å bytte. Jeg hadde tatt det med et stort smil, men var egentlig litt irritert på ungen som stjal plassen min. I tillegg hadde han allerede fått "Løvemat", en eske med noen leker og litt kjeks han satt og gomlet i seg mens han kikket ut av vinduet.

På andre siden satt en kjekk ung mann på min egen alder. Han var hipt kledd og hadde noen dyre solbriller som hårbøyle. Han var sikkert en grei gutt, men jeg er alltid så fiendtlig innstilt til slike kjekkaser før jeg blir kjent med dem. Det samme gjelder for kjendiser har jeg merket. Har truffet noen av disse reality folka på barer eller fester og jeg blir alltid så spydig og frekk mot dem, jeg liker dem ikke. Det er en stygg uvane jeg har, og jeg fikk prøve være litt hyggeligere med denne karen. Vet ikke hvorfor jeg var i dårlig humør, men det hjalp ikke at Martin og Fredrik satt og pratet og lo noen seter lenger fremme. De tre jentene våre satt også sammen helt framme i flyet. Cecilie satt i midten med Lise og Mette på hver sin side. Typisk tenkte jeg, nå må jeg sitte flere timer alene mellom disse menneskene som allerede har klart å irritere meg.

- Du må bare låne Dagbladet, jeg ser du er gjennom det flymagasinet for tredje gang nå.

Det bare glapp ut av meg. Det var jo egentlig hyggelig ment, men med det krasse tonefallet mitt ble det med en gang en stygg kommentar.

- Du må ikke være redd for å spørre, sa jeg på en fin måte for å prøve å rette opp den første kommentaren. Karen ble svært paff, men han takket så mye og tok forsiktig til seg Dagbladet.

Faen, tenkte jeg, har jo ikke lest den avisa selv engang. Ja ja, Jeg hadde heldigvis med meg ei bok jeg kunne lese i, og han ble nok ferdig med Dagbladet før turen var omme. Jeg åpnet boken og begynte å lese i håp om at dette ville bedre humøret. Det var jo egentlig en gledens dag, tenkte jeg. Vi var jo på vei til byenes by, verdens navle, ja selveste Roma.

Etter litt billig flymat og litt drikke steg humøret igjen. Jeg fortsatte på boka og følte en behagelig ro. Men det skulle ikke vare så lenge, for guttungen på sida meg hadde mistet interesse for vinduet. Han satt nå og stirret på meg og boka jeg forsøkte å lese i. Han kunne ikke være mer enn 6 eller 7 år gammel, likevel klarete jeg ikke konsentrere meg om lesingen. Jeg satt liksom bare og ventet på at han skulle begynne å spørre og grave om et eller annet. Og ganske riktig.

- Hva er det du leser for noe?
- Jeg leser ei bok, svarte jeg hyggelig og håpet han skulle miste interessen.
- Er det ei gøy bok, fortsatte gutten.
- Egentlig ikke, svarte jeg, det er ei trist bok om en gammel mann som vet at han snart skal dø.

Jeg fikk med en gang dårlig samvittighet, jeg ønsket jo ikke å skremme gutten. Orket bare ikke holde en samtale med et menneske på hans alder resten av turen. Men guttungen ble slettes ikke skremt.

- Hvis du dør, så skaper Gud deg om til jord, da skjønner du ikke bæret.

Jeg måtte smile, det var jo saktens sant det. Guttungen hadde smeltet meg litt. Og nå var det jeg som fortsatte samtalen.

- Hva skal du alene til Italia å gjøre, spurte jeg.
- Jeg skal besøke pappaen min. Han og mamma er skilt, så jeg bytter litt på dem. Jeg tror det er best for alle jeg.

Jeg visste ikke helt hva jeg skulle svare for jeg hadde dårlig samvittighet igjen. Jeg skammet meg over å ha latt meg irritere av denne livsglade og veslevoksne gutten. Da jeg ikke kom med noe svar fortsatte han bare, jeg tror han følte at han måtte forklare meg nærmere.

- Når man gifter seg gir man hverandre et taushetsløfte. Hvis man ikke holder taushetsløfte blir man skilt, da må man dele på alle lampene og knivene. Som regel må man gå til en børsmegler. Han bestemmer at den ene skal ha barna, så får heller den andre et spisebord ekstra.

Jeg måtte smile igjen, denne gutten var jo faktisk litt kul. Vi fortsatte å prate sammen og han fortalte og sa mye rart. Han skulle møte farens nye kjæreste for første gang, noe han gledet seg til, men som moren ikke likte så godt. Hun mente at farens nye kjæreste var alt for ung og kom til å arve skrubbel å bit, som han sa. Før jeg visste ordet av det, var vi faktisk i gang med innflygingen til Romas hovedflyplass Fiumicino. Kevin som gutten het hadde underholdt meg hele veien og jeg hadde ikke en gang fått lest Dagbladet eller kommet noe videre i boka. Jeg hadde likevel hatt en grei flytur og jeg tok følge med Kevin ut av flyet. Da han gikk for å møte faren sin tok jeg ham i hånden, sa farvel og takket for den hyggelige samtalen vår.

Borte ved bagasjebåndet ventet noen kjente ansikter. De hadde tydeligvis drukket jevnt iløpet av flyturen for de spøkte og lo, og var riktig så høylytte. Da jeg var kommet helt bort til dem kastet Lise seg om halsen på meg som om hun ikke hadde sett meg på flere uker.

- Å, som jeg gleder meg Gunnar, dette kommer til å bli så gøy.

Jo da, jeg måtte jo være enig i det, selv om jeg ikke hadde rukket å komme helt i den samme stemningen som resten av reisefølge.

Hytteturen i mai hadde blitt et vendepunkt når det gjaldt singellivet og både Martin og jeg hadde nå fast følge. Martin og Cecilie hadde funnet tonen på hytteturen og det hadde ikke gått så mange ukene før vi kunne kalle dem et par. De hadde kanskje ikke hatt den samme pangstarten som meg og Lise, men Martin og jeg hadde begge blitt ganske vant til den nye tilværelsen. Fredrik derimot, var ikke like etablert. Han og Mette hadde kun datet et par ganger før de ble med på denne turen, og Fredrik var ganske nervøs for hvordan helgen ville bli. De hadde truffet hverandre på en firmafest for noen uker siden og ingen av oss kjente egentlig Mette særlig godt. Hun var fire år eldre enn Fredrik og virket som ei veldig søt og livlig jente. Vi var altså tre par som nå skulle kose oss i storbyen, og slik stemningen var nå virket det som også Mette hadde kjent oss i lange tider.

Etter vi hadde fått bagasjen og kommet gjennom tolla, bestemte vi oss for å ta en taxi til sentrum av Roma. Fredrik og Mette virket riktig så reisevante der de ledet an i kampen om en taxi. De fikk etter hvert tak i en stor bil med plass til hele reisefølge og all bagasjen vår.

Fredrik hadde som vanlig med mye bagasje, og ikke vet jeg hva han skulle med to store kofferter for en helgetur til Roma. Martin hadde spurt om det var for å få plass til all vingummien han skulle handle, men jeg tror egentlig Fredrik hadde mistet sansen for vingummi etter hytteturen i mai. Han satt nå i passasjersete fremme i taxien og pratet engelsk med sjåføren. Det var en ung italiener som kjørte, en stilig ung mann med kraftige øyenbryn og noen hårete armer. Han var tydeligvis Lene Marlin fan, han hadde begge cd'ene hennes liggende fremme og *Unforgivable Sinner* hørtes fra høyttalerne. Jeg kunne se at fingrene hans bestemt trommet takten mens han råkjørte ut fra flyplassen.

Jentene våre satt og småpratet litt bak i bilen og la planer for helgen. Jeg så bort på Martin som satt og himlet med øynene når han hørte på hvor mye vi skulle gjennom. Det kom til å bli en hektisk helg om jentene fikk det som de ville. Jeg satt mest stille og studerte landskapet og alle bygningene vi raste forbi.

Jeg blir ofte stille og tankefull når jeg er på nye steder. Hjernen går i en slags filosofisk modus hvor hele verden plutselig oppleves annerledes og så utrolig merkelig. Jeg merker det ofte når jeg sitter på fly og kan se bakken og alle husene under meg, eller når jeg sitter på tog og raser forbi forskjellige byer og tettsteder. Nå satt jeg altså i en taxi på den italienske landsbygda med en crazy italiener bak rattet. Det første jeg tenker på er alle de ulike menneskeskjebnene som finnes, at hver og en av dem har sin egen historie. Hvem er vi mennesker egentlig og hvor kommer vi fra. Det er den samme regla hver gang jeg kommer i denne tilstanden. Finnes det virkelig noen

Gud som overvåker oss, og er vi helt alene i dette enorme universet vårt. Jeg ender som regel opp med å gi Gud noen få prosent kjangs der oppe, for han har ikke klart å overbevise meg ennå. Er vi alene da? Nei, det tror jeg slettes ikke. Det ville vært for dumt om all denne plassen bare var til for oss. Jeg slår meg som regel til ro med at det finnes et mangfold av samfunn der ute, men at vi bare ikke har møtt hverandre ennå. Når jeg kommer til tankene rundt selve universet, ordet uendelig, og at alt en gang ble til av ingenting, blir jeg nesten litt svimmel. Jeg rekker aldri å trekke noen konklusjon på disse spørsmålene før hjernen går tilbake til vanlig tilstand. Jeg tror egentlig det er sunt å filosofere litt innimellom, men nå fikk det være nok. Jeg ristet litt på hode for å kvikne til igjen, og flyttet oppmerksomheten frem i bilen og til samtalen mellom Fredrik og sjåføren

Det var ganske artig å høre på når de satt og diskuterte fotball på engelsk. Fredrik med sitt typiske skandinaviske tonefall og sjåføren med dialekt som minnet om en amerikansk mafiafilm. De gikk etter hvert over til å prate om Lene Marlin, og da Fredrik fortalte at han kjente en som hadde ligge med henne, ble Italieneren ekstra ivrig. Kjøringen hans var allerede aggressiv, men nå kikket han i tillegg mer bort på Fredrik mens de pratet enn han så på veien. Likevel kjørte han i sikksakk mellom de bilene som lå foran oss. Av og til veivet han også med armene og tutet på bilene før han diskuterte videre. Vi kikket etter hvert litt skremt på hverandre bak i taxien, og da Mette tilslutt tok på seg bilbelte var vi raske til å følge etter.

- Nå må du ikke forstyrre sjåføren mer Fredrik, kom det tilslutt fra Lise.

Fredrik skjønte ikke helt hva det skulle bety, men da han la merke til den høye farten og sikksakk kjøringen, tok også han på seg belte. Jeg tror den unge italieneren ble ganske fornærmet da alle plutselig satt med sikkerhetsbelte. Det ble helt stille i taxien og selv ikke Fredrik hadde noe og si.

- You not trust my driving. Sa italieneren og så skuffet bort på Fredrik.

Fredrik kikket forvirret videre på oss i baksete uten å få noen hjelp. Det kom ikke noe svar, og det ble ikke sagt noe mer før vi var i Roma.

Jeg våknet neste dag på et noe slitent hotellrom. Lise var allerede oppe og stod og sminket seg på badet. Hun virket rastløs og ivrig etter å starte dagen i storbyen.

- Nå må du komme deg opp Gunnar, de andre er snart klare til å dra.
Dette var ingen god start på dagen, tenkte jeg. Alt maset med å finne hotellrom i går kveld og den fornærmede taxisjåføren som forlangte alt for mye tips hadde gjort meg sliten. Jeg trengte noen ekstra minutter nå på morgenen. Ikke hadde det blitt noe sex på meg i natt heller. Det irriterte meg egentlig noe jævlig. Om det er en ting et kjærestepar skal ha masse av når man er på ferie i utlandet, så er det sex. Dette er da noe alle vet, vil nesten kalle det en ferieregel. Jeg så får meg hvordan Martin og Fredrik hadde fått kost seg i natt og ble bare mer irritert.

Tilslutt klarte jeg omsider å kare meg opp av senga og ut på badet.

- Jeg går ned og spiser frokost med de andre, vær rask nå da. Lise kysset meg raskt på munnen og forsvant ut hotellrommet.

Etter en dusj uten varmt vann og en rask påkledning, dongeribukser med sommerbrett og ei lett t-skjorte, var jeg klar til å få meg litt frokost. Jeg møtte resten av gjengen nede i resepsjonen. De var alle ferdige med frokosten, og stod og trippet etter å komme i gang.

- Kan ikke du bare ta en matbit på veien Gunnar, så får vi litt ut av denne dagen. Det var Martin som hadde fått ansvaret med å stille spørsmålet de tydeligvis hadde diskutert før jeg kom. Jeg kjente magen skrek etter mat, den hadde ikke fått føde siden flyturen i går. Men jeg klarte likevel å presse frem et anstrengt smil og nikket tilbake. I neste sekund var hele gjengen på vei ut av hotellet og vi var snart samlet på utsiden hvor det ble diskutert heftig om hvor vi nå skulle gå. Jeg merket at irritasjon boblet i meg nå. Jeg orket ikke delta i dette kaoset. For en idiotisk gjeng med nordmenn tenkte jeg for meg selv, jeg stod litt i bakgrunnen og studerte de andre. Alle hadde hvert sitt kart over Roma og hver sin ide om hvordan dagen skulle bli. Jeg vet ikke hvor lenge vi stod slik, men det måtte ha vart i minst ti minutter. Og det eneste jeg tenkte på nå var mat.

- Men hva mener du da Gunnar, kom det tilslutt oppgitt fra Lise. Diskusjonen hadde lagt seg og alle så nå spørrende på meg. Jeg merket at begeret var fult og

klarte ikke holde igjen lenger, måtte få lettet på trykket.
- Ok, sa jeg. Hvis alle bare kan holde kjeft et lite øyeblikk
så skal jeg fortelle akkurat hva jeg mener.

Jeg klarer ikke starte denne dagen med en sånn gjeng
med patetiske turister. Nå trenger jeg mat og litt tid for
meg selv. Jeg er overbevist om at det er best for alle, så
slipper jeg å ødelegge dagen for dere.

Det var ingen som sa noe. Alle kikket bare overrasket og
skuffet tilbake på meg.

- Jeg ringer dere om et par timer, sa jeg. Så lover jeg å ha
smilet og humøret tilbake. Kos dere.

Jeg snudde og gikk. Det føltes deilig men en liten
utblåsning. Jeg hadde fått tømt hele begeret med
irritasjon og følte meg ti kilo lettere. Nå trengte jeg bare
finne et koselig lite sted som solgte mat og drikke så
skulle jeg nok få humøret tilbake.
Jeg befant meg etter hvert i en slags hovedgate som het
Corso Vittorio og fant raskt en Café som så hyggelig ut.
Jeg satt meg ned på et ledig bord på uteserveringen og
følte meg riktig så vel. Klokken kunne ikke være mer en
rundt ni på fredags morgen og solen stod ennå lavt. Det
var skyfri himmel og deilig temperatur. Jeg tente meg
en røyk og studerte livet ute i den travle gaten. Her jeg
satt kunne jeg også se St. Peters kirka på andre siden av
elven, og bestemte meg for å ta en tur dit etter litt mat.

- Hallo Sir, have you decided what you want.

Jeg snudde meg og så rett inn i det flotteste italienske

ansiktet. Hun kunne ikke være så mye eldre enn 20 og var så pen at jeg ble helt varm. Det tok noen sekunder før jeg fikk summet meg til å svare.

- Could I have the menu please, and ono birra. Svarte jeg selvsikkert mens jeg smilte tilbake. Hun lo litt før hun pekte på bordet. Der stod selvfølgelig menyen, den var ikke til å unngå om man ikke var blind.
- Just take your time sir, and I will get you one bier. Hun smilte før hun snudde og gikk inn i igjen.

Jeg lo litt for meg selv. Ja ja, det var jo egentlig bare en sjarmerende bommert tenkte jeg, mens jeg fortsatte å studere bylivet.

Etter to øl og et pastamåltid var humøret bra igjen, og jeg begynte så smått å få dårlig samvittighet overfor vennene mine. Men men, det order seg nok. Jeg betalte for meg og skulle til å gå da Café dame plutselig sa navnet mitt.

- Gunnar, could you please wear this today. Hun gav meg en liten button hun ville jeg skulle henge på t-skjorta mi. Den var egentlig ganske fin, sort med masse lyse prikker på, minnet litt om en nyttårsrakett på nattehimmelen.

- Ok, svarte jeg. But what does it mean.
- It is a symbol of the true beginning. Remember Gunnar, there is no plasma.

Hun smilte og vinket farvel før hun forsvant inn i caféen igjen. Jeg stod en stund uten å vite hva jeg skulle tro. Hvordan pokker kunne denne italienske skjønnheten vite navnet mitt. Jeg hadde aldri presentert meg og jeg betalte jo med kontanter. Merkelig, dette blir gøy å fortelle de andre. Jeg ristet litt på hodet og begynte å gå mot Vatikanet og Peters kirken.

Det var en utrolig opplevelse å gå inn på den store St. Peters plassen for første gang. Jeg hadde jo sett både kirka og plassen på tv, men det var likevel spesielt å være her. Jeg stod og beundret alle de flotte søylene som lagde en ring rundt den store plassen, da to eldre menn i dress kom mot meg. Jeg la merke til at begge to gikk med samme type button som den jeg hadde fått. De nikket til meg da de passerte, og jeg nikket høflig tilbake. Mystisk dag dette her, tenkte jeg og kikket ned på min egen button som satt på skjorta mi. Skulle kanskje visst litt mer hva det var jeg gikk rundt og proklamerte med den greia. Men det fikk så være, jeg hadde jo lovet Café dama å bruke den idag.

Inne i selve kirka var det avkjølende og godt. Folk gikk still rund og visket mens de beundret tak og vegger. Her var det ikke spart på noe. Det sies at inne i St. Peters kirka er alt som ser ut som gull, faktisk ekte gull. Vet ikke helt om det kan være tilfelle, for her inne var nesten alt dekket av gullfarge. Jeg tok opp engangskameraet fra baklommen og knipset et par bilder. Bilder av meg selv selvfølgelig og med vegger og tak i bakgrunnen. Etter å ha gått stille rundt i en halvtime fikk det være nok. Ble utålmodig og ønsket meg en ny pils. Da jeg var kommet til utgangen hørte jeg plutselig en svak visking.

- Have a nice day Gunnar.

Jeg snudde meg raskt og var sikker på å treffe Martin og de andre. Men jeg fant ingen kjente ansikter. Det stod tre jenter på 13-14 år ti meter unna. De stod stille og studerte et maleri. Hva pokker er dette her for noe, tenkte jeg. Jeg kikket rundt for å lete etter svar. Det var ingen andre i nærheten og jeg så bort på jentene igjen. Jeg møtte blikket til den ene av dem og hun kikket raskt vekk.

- Excuse me, sa jeg stille og gikk forsiktig mot dem. Jentene så på meg og begynte å le før de la på sprang. Jeg skulle til å løpe etter, men lot være. Det hadde nok ikke sett helt bra ut. En ukjent mann som jager tre unge jenter inne i selveste St. Peters kirka. Nei, det fikk bare være. Må vel snart klare å komme til bunns i dette. Jeg gikk ut og kjente den varme luften slå mot meg. Klokken nærmet seg nok elleve nå og solen sto høyere på himmelen. Det var litt for varmt. Merker jeg blir stressa og litt uvel i slik trykkende varme, og spesielt når det ikke finnes muligheter til en avkjølende dukkert. Fikk finne et sted i skyggen hvor de solgte god drikke, og jeg kjente at jeg roet meg ned med denne behagelige planen.

Jeg tok inn på en bar ved Piazza Navona. En stor åpen plass med Caféer og barer på begge sider. Den store plassen utenfor hadde visst blitt brukt til hest og kjerre løp i romertiden, og jeg forsøkte å se for meg hvordan livet hadde vært den gangen. Jeg bestilte etter hvert en pils og følte det var på tide å gi lyd fra meg. Det var over 3 timer siden utblåsingen min, og jeg begynte å savne de andre litt. Trengte noen å prate med nå, og gledet meg til å fortelle dagens hendelser. Det var først nå jeg husket at mobilen lå igjen på hotellet. Faen, typisk.

Jeg dro opp engangskameraet som jeg trodde hadde vært mobilen, og knipset et bilde av meg selv. Pleier jo alltid å legge igjen mobilen med vilje hjemme i Norge, føles så deilig å være utilgjengelig. Blir liksom litt friere og lettere til sinns uten det mobil maset. Men i dag, alene i byenes by, hadde det vært greit med den mobiltelefonen. Martin og Lise er sikkert redde for meg nå tenkte jeg, og så for meg 20 ubesvarte anrop. Måtte smile litt, det var jo ikke meningen å virke så irritert på dem.

Jeg så meg rundt og fikk øye på en kar som satt og tastet på en laptop lenger inne i baren. Han hadde mobilen liggende ved siden av. Det er jo verd et forsøk tenkte jeg. Jeg tok med meg pilsen og gikk bort.

- Hallo Sir, I'm sorry to bother you. But do you think I could borrow your phone to make one call.

Mannen i 60-årene så litt skeptisk opp på meg. Jeg la merke til at han festet blikket på buttonen jeg fortsatt gikk med. Han sukket litt og så på meg igjen før han endelig svarte.

- Of course you can, sa han og smilte høflig. But you have to wait until I'm finished sending this file. Han så ned på den bærbare PC'en og gjorde noen raske tastetrykk. Han brukte tydeligvis mobilen mot internett.
- Please sit down young man, and tell me where you're from and why you are wearing that symbol on your skirt.

Jeg kikket ned på skjorta mi, hadde aldri helt forstått hva Café dama hadde sagt om hva den buttonen symboliserte. Kanskje kunne denne karen forklare meg.

- I'm from Norway, svarte jeg forsiktig og satte meg ned.
- I got this button as a gift earlier today, but I don't really know what it means. Mannen så lenge på meg, han smilte og nikket lett bekreftende.

- En *norrmann*, sa han til slutt og lo. Han fortsatte på svensk.
- Mitt namn är Thomas Söderlund. Han sa navnet sitt på en så høytidelig og stolt måte at man skulle tro han var en av kongefamilien. Men navnet sa meg egentlig ingenting.
- Jag arbetar for det svenska tidsskriftet *Framsteg & Forskning*, och är i Roma denna veckan for å följa verdenskonferansen i astrofysik.

Vi kom raskt i prat og den eldre mannen interesserte meg med en gang. Söderlund var egentlig astrofysiker og jobbet ved partikkelakseleratoren i Cern. Han var leid inn av et svensk vitenskaps magasin for å dekke verdenskonferansen som startet i morgen. Han ga meg endelig forklaringen på den buttonen jeg hadde grublet slik på, og fortalte også mye annet spennende. Her er noe av det han fortalte:

Big Bang teorien er utgått på dato. Dagens teknologi med Hubble-teleskopet i spissen har nå gjort så mange observasjoner og målinger som ikke lar seg forklare med Big Bang, at teorien er moden for utskiftning. Mye spennende er i vente i årene fremover, om bare verdens forskere nå kan tenke nytt og ikke bli for låst i det gamle. Det er det dessverre ikke alle som ønsker. Mange astrofysikere verden over har viet sitt liv til studier med Big Bang , og de tviholder nå på livsverket sitt. Også

den Katolske kirken har blandet seg inn i dette kaoset.
Det er en trykket stemning i Vatikanstaten denne
helgen og Paven driver noe som ligner en valgkamp.
Med buttons og bannere forøker kirken å påvirke
verdenskonferansen til fordel for Big Bang teorien.

Dette ble mye å fordøye på en gang. Jeg hadde så
mange spørsmål nå at det gikk litt i surr. Nå satt jeg
altså i Roma og drakk øl med en svensk astrofysiker
som kanskje kunne svare på noen av mine filosofiske
spørsmål. Jeg visste ikke helt hvor jeg skulle begynne.

- Hva er det som er nytt og hvorfor er kirken så negative.
Kan vi lage tidsmaskiner snart? Det bare glapp spørsmål
ut av meg.
- Slapp nu litt av unge mann, sa han og fortsatte:

Det er ikke kommet så fryktelig mye nytt, men vi er
kommet til en grense nå hvor mange mener at Big
Bang teorien må forkastes. En av de nye og spennende
teoriene er Plasma Universet. Det er fortsatt forsket
for lite på dette området, og det er heller ikke sikkert at
denne teorien kan brukes. Den er likevel et steg i riktig
retning og forklarer en hel del vi ikke skjønte tidligere.
Det kan for eksempel vise seg at fjerne stjerner og
galakser er mye nærmere enn vi tidligere har antatt.
Og når du nevner tidsreiser, så er det slettes ikke sikkert
at dette er så umulig som vi tidligere har trodd.

- Den som levar får sjå, sa han og smilte litt sørgmodig.
Skulle verkligen önska jag var på din ålder. Det går
snabbt nu, och mycket spännande er på gång dom
näraste åren.

Når det gjelder den katolske kirkens engasjement har det en naturlig forklaring. I følge Plasma Univers modellen har det aldri vært noen begynnelse. Universet er konstant og har alltid eksistert. Dette skaper naturlig nok problemer for Paven som ønsker å forsone vitenskap med religion. Det er også derfor denne verdenskonferanse har fått så mye oppmerksomhet. Den katolske kirken var tidlig ute og anerkjente Big Bang teorien, og det er klart at de får det vanskelig når de nå skal forklare skapelsen uten å kunne peke på et startpunkt.

Vi satt en stund og pratet riktig så hyggelig. Eller jeg spurte vel mest og han svarte så godt han kunne. Jeg glemte selvfølgelig helt å låne mobilen hans for å ringe de andre. Noe jeg sviende skulle få merke senere på kvelden. Jeg likte denne svensken godt, og til slutt tok jeg buttonen av skjorta og smilte lurt før jeg kastet den vekk. Det skulle jeg aldri ha gjort. For det som skjedde etterpå er noe av det mest skremmende jeg har opplevd.

Om det var min dårlige behandling av symbolet deres, eller om det var fordi Söderlund var en kjent forkjemper for den Nye Viten, har jeg aldri fått svar på. Det var nok helst det siste, men kanskje var det også en kombinasjon. Buttonen min fløy vertfall gjennom luften og landet foran føttene på en gjeng mørkkledde menn som akkurat hadde kommet inn døren.

Jeg reagerte først ikke spesielt da det plutselig stod fem menn rundt bordet vårt. Det hadde skjedd så mye annet merkelig denne dagen. Men da jeg så det bleke ansiktet til Söderlund ble jeg virkelig redd.

- You have to come with us, sa den ene av dem på
gebrokkent engelsk.

De grep meg hardt i armen og førte oss begge ut baren
og inn i en kassebil som stod og ventet på utsiden. Vi
ble stuet inn i bilen hvor det allerede satt tre andre.
Hendene deres var stripset sammen og de hadde alle
på seg en hettegenser med symbolet jeg nå kjente så
godt. Genseren var kledd bak fram og hetten dekket
ansiktene deres. Jeg kjente adrenalinet pumpe i kroppen
og angsten som spredte seg. Både jeg og Söderlund fikk
samme type genser slengt i fanget og ble beordret til å
bruke den på samme måte. Jeg så ingenting gjennom
hetten, bare kjente at tomlene mine ble stripset sammen
bak ryggen. Heldigvis fikk vi ingenting på beina, men jeg
følte meg likevel helt hjelpesløs.

- Er du der Söderlund, spurte jeg forsiktig.

I samme sekund fikk jeg et dask i bakhodet. Det var ikke
så hardt et slag men likevel skremmende. Slaget hadde
sin effekt, for jeg holdt helt kjeft etter dette. Det ble
stille i bilen og ingenting ble sagt. Etter en 20 minutters
kjøretur stanset bilen omsider, og italienerne begynte å
prate igjen. Vi ble raskt geleidet ut av bilen og ført inn i
en bygning. De behandlet oss bedre nå og jeg ble støttet
gjennom diverse rom. Jeg kunne fortsatt ikke se noe men
hørte at en tung dør ble åpnet. Døren ledet til en trapp
som vi fortsatte nedover. Jeg kjente det ble kjøligere jo
lenger vi kom. Jeg forsøkte å telle trappetrinnene men
kom ut av tellingen mellom førti og femti et sted. Vi må
ha vært dypt under bakken da vi nådde bunnen, og det
var en rå og fuktig luft her nede. Jeg skimtet lys gjennom

genseren nå og hørte nye stemmer. Jeg ble plassert på en stol med beskjed om å holde kjeft. Vet ikke hvor lenge vi satt slik. Tror jeg må ha duppet av en stund, for jeg skvatt til da noen plutselig tok av meg hetten.

Øynene var ikke vant til lys og alt var først ganske tåkete. Men det gikk ikke lenge før ting klarnet opp igjen. Vi befant oss i et stort rom langt under bakken og jeg telte 12 andre som også satt bakbundet på en stol. Det var mest eldre menn på alder med Söderlund, men også to kvinner og meg selv. Det store rommet var rikelig innredet, og minnet litt om et diskotek lokale. Det måtte være minst 15 meter til andre siden av rommet. Her var godt med lys og flere høyttalere. Veggene var fulle av graffiti og i det ene hjørne var det også en bardisk. Jeg la merke til at kidnapperne ikke hadde våpen, og følte meg litt tryggere. Det var seks stykker av dem inne i lokalet nå og de så egentlig ganske fredelige ut. De hadde heller ikke dekket ansiktene sine.

Plutselig merket jeg en svak risting fra bakken og jeg kunne se at litt grus på gulvet beveget seg. Kjente samtidig et annet lufttrykk bre seg gjennom rommet. Det var en varmere luft. Jeg ble med en gang urolig og møtte blikket til en av kidnapperne. Han virket likevel helt uberørt.

- Subway, sa han og kikket vekk igjen.

Jeg fortsatte å studere lokalet deres og var nesten litt misunnelig. Kuler hovedkvarter skulle man lete lenge etter. Dypt under bakken og helt bortgjemt. Ja, skulle jeg noen gang starte en hemmelig klubb eller forening så måtte vi hatt et slikt sted. Mens jeg satt slik fikk jeg brått en annen skremmende tanke. Men hvem faen ville klare å finne oss her nede og hva kom til å skje med oss. I samme øyeblikk begynte en rød lampe å blinke i taket på andre siden av rommet. Trodde først det var et discolys, men kidnapperne fikk det plutselig veldig travelt. De løp kaotisk rundt og samlet diverse utstyr. Etter et par minutter var alle forsvunnet ut en annen inngang og lyset ble brått slukket.

Ikke lenge etterpå kunne jeg høre raske skritt fra trappen vi hadde kommet ned tidligere.

- Carabinieri, everyone down on the floor. Brølte plutselig en mørk stemme. I samme øyeblikk kom lyset på igjen og 8-10 karer fra det paramilitære nasjonale politiet stormet inn rommet.

Vi la oss ned på gulvet og jeg følte angsten automatisk spre seg igjen. Det var jo redningen som var kommet, men disse gutta var skumle og rikelig bevæpnet. De var utstyrt med hjelm, kevlarvest og automatvåpen og klarerte raskt rommet. Det ble sagt noen italienske gloser over sambandet og samtlige fortsatte ut den andre inngangen. Like etter kom en ny gruppe ned trappen. De hadde med seg ullpledd og diverse sanitets utstyr det heldigvis ikke var bruk for. Alle fikk likevel et ullpledd over ryggen, noe som føltes helt unødvendig. Men det var vel for å vise at vi nå var trygge igjen, og da stripsen ble fjernet kom lettelse endelig over meg.

Jeg tok tak i Söderlund og klappet han på ryggen. Han hadde fått tilbake fargen i ansiktet og nikket lettet tilbake.

- Hvem var disse folka, spurte jeg stille.
- Svårt att seia, svarte Söderlund. Antaglig en liten grupp fundamentalistar som forsøkt stoppa morgondagens konferens.

Jeg kom på at jeg fortsatt hadde kameraet på meg. Det var ingen Carabinieri rundt oss nå og jeg tok raskt noen bilder av lokalet. Tok også et av Söderlund og et par av meg selv. Kult å ha litt bildeminner, selv om dette var en opplevelse jeg aldri ville glemme. Da vi omsider kom opp i frisk luft igjen lengtet jeg tilbake til hotellet og vennene mine. Jeg ble derfor svært utålmodig da vi måtte i avhør. Var heldigvis av de første som ble avhørt og etter en drøy time var jeg fri.

Jeg tok en taxi til hotellet og småløp inn i resepsjonen. Klokken måtte være nærmer elleve på kvelden og jeg hadde fortsatt på meg hettegenseren. Innerst i lobbyen i en sofagruppe satt hele gjengen og ventet. Lise og Martin reiste seg straks de fikk øye på meg og kom meg i møte.

- Nå skal dere høre noe utrolig, begynte jeg. Men ikke før jeg hadde sagt det kjente jeg en sviende ørefik på venstre kinn.
- Din syke faen. Lise var rød i øynene og virket rasende. Hun sa ikke mer før hun stormet opp trappen til hotellrommet.
- Før noen andre gyver løs på meg vil jeg gjerne få noen minutter til å forklare, sa jeg til den resterende gjengen.

De virket sinte alle sammen og Cecilie ristet bare på hodet før hun forsvant opp trappen etter Lise.

- Quattro birra, sa jeg til karen i resepsjonen og fikk med meg Martin, Fredrik og Mette bort til sofagruppen. Vi satte oss ned med hver vår øl og jeg kunne fortsatt se irritasjon i øynene deres.

- Nå skal dere høre hvilke sprø dag dette har vært, sa jeg og begynte å fortelle om dagens hendelser. Det føltes deilig å fortelle og jeg kunne se at irritasjonen gradvis gikk over. Det ble ikke sagt noe på en stund da jeg var ferdig. Vi satt bare stille og forsøkte å fordøye alt som hadde skjedd.

- Fy faen, det er det råeste jeg har hørt, kom det til slutt fra Martin. Vi så på hverandre og lo litt alle sammen. Mette reiste seg opp uten å si noe, hun strøk fingrene gjennom håret mitt før hun bustet det forsiktig til. Hun sa ingenting, bare smilte før hun forsvant opp trappa til rommene. Martin og Fredrik tok en god slurk øl og jeg gjorde det samme.

- Det er likevel en ting jeg fortsatt ikke skjønner, sa jeg og tok en ny slurk.

Jeg fortalte dem til slutt om Café dama og jentene i Peters kirken.

- Hvordan kunne disse menneskene vite hvem jeg var, spurte jeg og håpet på konstruktive forslag. Martin og Fredrik så på hverandre og brøt plutselig ut i latter.
- Den må nok vi ta på vår kappe, sa Fredrik og tørket

vekk noen tårer fra øynene. Grunnen til det er ganske enkel, og er noe vi har ledd mye av i dag, sa han og ristet litt på hodet. Før vi begynte å bli engstelige for deg selvfølgelig, la han fort til.

- Etter den firmafesten hvor jeg traff Mette hadde vi en rekke tøybokstaver til overs. Ja, det var en slik partygreie.
- I vertfall fikk jeg Martin til å stjele favoritt skjorta di dagen før vi reiste. Og Mette sydde villig på de store bokstavene på skjorteryggen, fortsatte han.

Jeg måtte le når jeg hørte hva de hadde skrevet. Det forklarte jo alt. Var egentlig ganske komisk når jeg ser det fra deres ståsted. Kan se det for meg der jeg etter utblåsningen snur og vender ryggen til. En rygg full av store tøybokstaver. Jeg er alene og med hele dagen foran meg. Mutt og uvitende marsjerer jeg nedover Romas hovedgater med *MY NAME IS GUNNAR* skrevet på ryggen.

Vi lo godt av hele situasjonen og jeg merket ikke engang at Lise kom bort til oss før hun stod helt foran meg. Hun la armene om halsen min, og hadde tydeligvis pratet med Mette.

- Beklager Gunnar, men vi var bare så helvetes redd for deg. Hun kysset meg heftig på munnen.
- Kom, nå går vi opp og har sex Gunnar. Det gjorde vi også og det ble en flott kveld. Jeg satte faktisk personlig rekord den natten. *The night of five times* ble en natt jeg aldri vil glemme.

Lørdagen ble heldigvis en fin og udramatisk feriedag. Da vi så omsider satt på flyet hjemover søndag kveld, bestemte jeg meg for en ting. Om jeg så måtte til Sverige for å skaffe det, skulle jeg uansett få tak i neste nummer av *Framsteg & Forskning*. Jeg smilte for meg selv og åpnet forsiktig den lille flasken med whisky jeg hadde fått til flymaten.

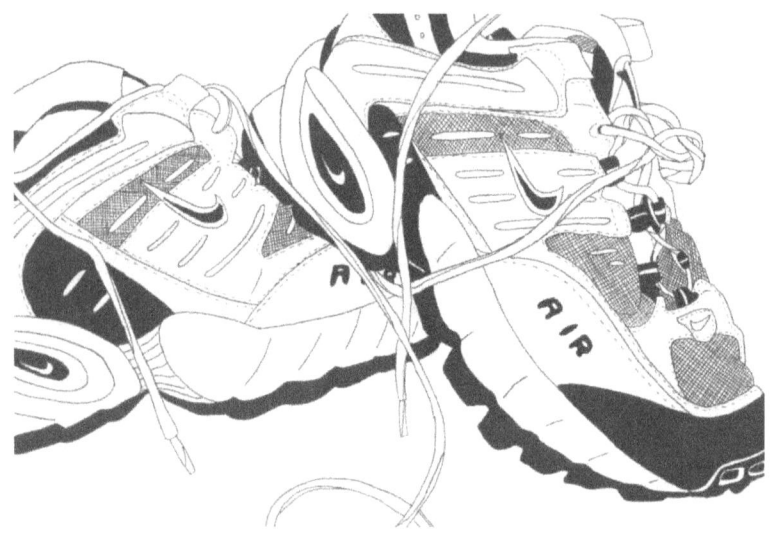

Trainee

Dette er Finn Abraham, begynte direktør Nygård. Han begynner i dag, og skal jobbe sammen med dere i prosjektet Nye Nanomaterialer.

Den unge mannen reiste seg og nikket til oss som allerede satt rundt konferansebordet. Faen tenkte jeg, nå blir det enda en og konkurrere med om de seks faste stillingene. Vi var allerede 12 stykker som var tatt opp som trainee, og som i tre måneder fremover skulle kjempe om plassene. Den nye karen virket som en typisk nerd, med noen merkelig briller og en barnslig frisyre. Typisk skoleflink og faglig dyktig, tenkte jeg. Han var svært nervøs der han stod og kikket på oss andre rundt bordet.

- Da håper jeg dere tar vel imot ham, dere andre har tross alt hatt en uke på å bli kjent. Fortsatte Nygård.
- Hanne, du får i oppgave og sette han raskt inn i prosjektet og fordele nye arbeidsoppgaver.
- Selvfølgelig direktør, svarte Hanne lett stresset.
- Da stoler jeg på dere, ha en fortsatt god dag. Nygård tok med seg dokumentmappen og forsvant ut rommet. Det ble en litt trykket stemning etter dette og jeg misunte ikke akkurat den nye karen.
- Bruker du hele navnet eller bare Finn, begynte Robert litt forsiktig. Det ble stille ganske lenge og den nye kikket urolig rundt i rommet.
- Jeg ser helst at dere kaller meg Finn Abraham, sa han til slutt.

Hanne tok raskt kommandoen og begynte å legge ut om prosjektet og hva vi hadde jobbet med den siste uken.

Jeg følte meg tafatt i dag, og jeg bidro ikke akkurat i diskusjonene rundt bordet. Det hadde skjedd mye de siste månedene. Jeg satt litt i egne tanker og vurderte alt sammen. På hjemmefronten gikk det mye opp og ned for tiden. Det var ikke bare å flytte sammen i egen leilighet sånn uten videre. Samtidig var det også rart å begynne å jobbe etter fem år som uansvarlig student. Og spesielt i et firma som dette.

Selskapet NANOTEC AS som eier skandinavias eneste produksjonsreaktor for nanomaterialer, ble grunnlagt i 1998 for å utvikle en prosess for masseproduksjon av karbon nanorør. Selskapet har vært svært populært for nyutdannede kjemispirer de siste årene. Og jeg var egentlig veldig overrasket over å ha fått en av de tolv trainee stillingene jeg søkte på. Det skulle vist ha vært nesten 120 søkere. Karakterene mine fra studietiden var ikke noe særlig å skryte av, og jeg søkte uten store forhåpninger hos selveste NANOTEC. Likevel fikk jeg altså en av de 12, nei faen, 13 stillingene hos dette prestisjefylte firmaet.

Jeg kikket irritert bort på Finn Abraham der han satt nervøs og lyttet til en overivrig Hanne.

Merkelig skrue tenkte jeg, og prøvde å se for meg hvordan den nye karen hadde taklet jobb intervjuet med direktøren tilstede. Jeg ble selv ganske overasket da jeg kom på intervjuet og selveste Direktør Nygård skulle være med på det hele. Men intervjuet mitt gikk bra og jeg følte egentlig jeg fant tonen med direktøren. Det var vel derfor jeg fikk denne jobben. Karakterene mine kunne det vertfall ikke være. Nygård hadde vært veldig opptatt av arbeidsmiljø og eierforhold til bedriften, noe han gjentatte ganger ønsket mine synspunkter på. Han virket som en bra mann. Det nesten luktet autoritet av ham, men han hadde samtidig en varme og utstråling, en slags trygghet rundt alt han sa og gjorde. Ja, han virket som en bra sjef, har alltid hatt sansen for karismatiske ledere som ikke alltid følger normer og regler.

- Gunnar, kan ikke du undersøke litt på det til i morra. Det var Hanne som spurte, og jeg ante ikke hva hun pratet om. Hadde sittet litt vel lenge i egne tanker nå.
- Jo da, det skal jeg få sett på, svarte jeg. Fikk heller spørre hva hun mente litt senere, orket ikke bli tatt på senga nå. Var fortsatt for mange ukjente og nye kolleger rundt bordet. Hanne kjente jeg jo litt fra før. Vi var klassekamerater det siste skoleåret, og hun hadde hengt litt sammen med Lise og Cecilie.

- Ok, da tror jeg vi sier oss ferdige for i dag, fortsatte hun, hvis ikke det er noen spørsmål da.

Den nye karen rakte forsiktig opp hånden.

- Ja, Finn Abraham, hva var det du lurte på.
- Har dere PT? Det ble stille lenge og alle vi andre så på hverandre. Hva var det han mente?
-Physical Training la han til på skjelvende engelsk. Det var fortsatt ingen som sa noe, hva hadde det med prosjektet å gjøre.
- Det finnes en tredemølle nede i garderoben, sa jeg tilslutt. Nygård har gitt oss fire timer egentrening i uka, hvis det var det du mente. Enkelte himlet litt med øynene og så rart på hverandre.

- God middag, vi ses imorra. Robert var allerede på vei ut
døra.

Neste dag var jeg tidlig oppe, hadde vært litt for sen
de siste dagene og håpet å rette litt på inntrykket. Jeg
kom på jobb nybarbert og fresh og regnet med å være
den første for en gangs skyld. Men da jeg nærmet meg
garderoben hørte jeg en merkelig lyd, en slags uling.
Jeg åpnet døren og kikket inn. Det var litt av et syn som
møtte meg. Finn Abraham på tredemøllen i et voldsomt
tempo. Han hadde på seg en gammel kort fotballshorts
og ei t-skjorte med He-man motiv. Jeg måtte smile, for
han hadde heller ikke sko på beina, bare sokker.

- God morgen, sa jeg og nikket. Finn Abraham hevet
armen og hilste tilbake.

Jeg lo litt for meg selv da jeg gikk oppover mot
grupperommet alene, og med Finn Abraham friskt i
minne. Men det var likevel noe merkelig med ham. Han
så egentlig ganske kjekk ut der på tredemøllen, om man
ser bort ifra antrekket da. Veltrent, og uten brillene og
den barnslige sveisen. Det var noe jeg ikke fikk helt til å
stemme med denne nye karen.

Denne dagen ble lik dagen før. Jeg klarer ikke bidra med
noe fornuftig til gruppen eller prosjektet. Jeg hadde
riktignok funnet web-sidene Hanne hadde spurt etter i
går, men det var stort sett alt jeg hadde fått sagt i dag.
Hadde liksom ikke helt funnet meg til rette, verken i
gruppen eller prosjekt *Nye Nanomaterialer*. Resten av
gjengen med Hanne i spissen var så helvetes motiverte
og pratet ofte i munnen på hverandre av iver. Virket som

konkurransen om de faste stillingen hadde en finger med i spillet. Men jeg orket bare ikke opp deres nivå. Det var heldigvis to andre som også forholdt seg stille, ei jente jeg aldri husker navnet på og Christer. Og Finn Abraham da selvfølgelig. Han kunne gå en hel dag uten å si noe som helst. Jeg merket at mange allerede begynte reagere på oppførselen hans. Det var en del av jenten som visket og lo under lunsjen, og jeg skjønte hvem de pratet om.

- Da ses vi i morgen igjen, kom det plutselig fra Robert. Enda en arbeidsdag var ferdig, og jeg kan ikke akkurat si jeg gledet meg til en ny.

Lise holdt på med middagen og var i strålende humør da jeg kom hjem. Hun hadde tydeligvis hatt en bra dag på skolen. Hadde aldri helt forstått hvorfor hun ønsket å studere videre. Hun hadde mye bedre karakterer enn meg og kunne sikkert ha gått rett ut i jobb. Men det fikk så være, det føltes i vertfall godt å komme hjem i dag. I løpet av middagen kom jeg raskt i bedre humør, og det var hennes fortjeneste. Hun var virkelig ei bra jente. Jeg fortalte litt om hvordan jeg hadde det på jobben og prosjektet vi jobbet med. Det var godt å få pratet litt og dele noen tanker. Det var egentlig sjeldent vi snakket om slike ting. Vanligvis var det Martin som måtte lytte til problemene mine og analysere seg frem til løsninger. Det føltes faktisk godt å prate med andre enn Martin for en gangs skyld.

Lise måtte le da jeg fortalte henne om Finn Abraham, og hun følte med en gang veldig synd på ham.

Det virket ikke som hun følte særlig synd på meg,
tror nesten hun mente jeg hadde godt av litt motgang
innimellom. Og hun fikk meg nesten til å være enig i det.

- Du Gunnar, vet du hvilke sko størrelse Finn Abraham
bruker. Hun fikk et lurt smil om munnen. Merkelig
spørsmål tenkte jeg, hva pokker hadde det med saken å
gjøre.

- Kunne tenke han var et par nummer større enn meg,
hvorfor lurer du på det?
- Husker du de joggeskoene jeg kjøpte til deg i sommer,
og som var altfor store til deg. Sa hun etter å ha tenkt litt.
- Kan ikke du gi dem til Finn Abraham, så skriver du en
lapp og legger dem ved tredemøllen en morgen. Skriv
Hilsen Lise og at jeg er en hemmelig beundrer.

Jeg måtte smile, hun var virkelig noe for seg selv.

- Jeg skal gjøre det, jeg kysset henne lett på munnen.
- Takk for maten.

En dag uken etter var jeg veldig tidlig på jobb. Jeg
listet meg inn i den tomme garderoben og la skoene på
tredemøllen med en liten lapp.

Til Finn Abraham,
Prøv om ikke disse passer!!!
Hilsen Lise (En hemmelig beundrer)

En time senere var alle samlet i grupperommet, alle
utenom Finn Abraham. Det lignet ikke ham å være
for sen, han var jo alltid en av de første på jobb. Men

plutselig stod han der i døren. Han hadde selvfølgelig de nye skoene på. Jeg måtte smile, for det nesten lyste nye sko av antrekket hans. Han gikk rolig bort til stolen sin og trakk den forsiktig ut mens alle andre stirret forundret på ham.

- God morgen alle sammen, han satt den ene foten oppå stolen og knyttet skoen litt strammere. Folk kikket rart på hverandre og noen ristet litt på hodet.
- Da tror jeg vi begynner, sa Robert, - så snart Finn Abraham har fått knyttet de nye skoene sine selvfølgelig, la han til. De fleste lo og humret litt, men Finn Abraham var like bli.

Det var Robert som ledet prosjektet denne uken, og han kjørte en tøffere lederstil enn Hanne hadde gjort. Jeg merket han irriterte meg, for jeg takler dårlig folk som er bråkjekke i alt dem sier og foretar seg. Han manglet totalt den gode ydmykheten man bør ha når man leder nye kollegaer.

Dagen startet som den pleide, og jeg bidro med svært lite. En ting var likevel annerledes. Finn Abraham var mer på hugget i dag. Den nervøse tonen i stemmen hans var mindre synlig, og han kom av og til med gode innlegg i diskusjonene. Faen, tenkte jeg for meg selv, skulle aldri gitt vekk de skoene. Nå er til og med Finn Abraham over meg på rangstigen. Men jeg måtte likevel glede meg over forandringen hans. Plutselig møtte jeg blikket hans. Det var et annet ansikt som møtte meg. Øynene var skarpe og rolige, mens han smilte lurt og overlegent. Det var plutselig en annen person i ansiktet hans. Han nikket raskt og blunket. Det varte ikke mer enn et par sekunder før han hadde tilbake det flakkende blikket og den vimsete væremåten. Jeg skvatt til og kikket rundt for å se om andre hadde fått med seg forandringen, men alle satt opptatt og hørte på et av Roberts mange innlegg. Jeg må skjerpe meg, tenkte jeg, sitter altfor mye i egne tanker i disse fordømte diskusjonene.

Etter lunsj kom Direktør Nygård inn og avbrøt oss. Han trengte fire personer som kunne lage litt underholdning under en uformell middag til fredag. Forskningsrådet kom nemlig på besøk. Han trengte også noen til å hjelpe ham med praktiske ting under selve firma presentasjonen han selv skulle holde. Det var Robert som fikk ansvaret med å plukke ut og avse fire av oss. Ikke uventet var jeg en av de fire, sammen med Christer, Ida og selvfølgelig Finn Abraham.

Endelig litt forandring tenkte jeg, men det virket ikke som dem andre tre var like fornøyde. Var jo skuffende å bli sett på som det svakeste leddet, men slik ting var nå var jeg bare glad til.

Etter lunsj møttes gruppen vår i et lite møterom i øverste etasje. Nygård hadde latt oss bruke hans private møterom som lå vegg i vegg med kontoret hans.

- Da håper jeg dere lager noe bra til fredagen, sa Nygård og så på oss med et smil, og her er powerpoint presentasjonen jeg skal holde. Han ga Ida en minnepenn før han fortsatte - Print ut overhead plansjer av presentasjonen, jeg liker nemlig ikke å bruke videokanon. - Da stoler jeg på dere, han forsvant ut og lukket døren. Det ble stille rundt bordet, og alle virket

rådløse - Opp med humøret gutter og jenter. Dette er jo en kjempe sjanse, sa jeg. - Nå får vi vist oss for både Nygård og hele forskningsrådet.
- Det vi får vist, svarte Christer oppgitt, er at vi er de 4 dårligste kandidatene, det er lett å se når vi blir satt til barnslige oppdrag som dette.

Hmm, han har jo egentlig helt rett i det, tenkte jeg før jeg svarte.

- Det viktigste er at vi blir lagt merke til. Og skulle dette bli en suksess vil det bare virke positivt for oss. - Nå senker vi skuldrene litt dere, gir litt faen og prøver oss på litt barnslig underholdning. Vi kommer i vertfall til å ha det gøyere enn resten av gruppen denne uken, sa jeg til slutt. Det ble stille lenge.
- Ja, faen heller, kom det plutselig fra Ida. - Jeg er med, sa hun og lo litt for seg selv.
- Jeg også, sa Finn Abraham stille.

Det kom ingen kommentar fra Christer, men nå var vi på en måte i gang.

Men det er ikke bare lett å lage underholdning til en gruppe mennesker man aldri har møtt, og etter to dager med planlegging hadde vi ikke mange konkrete forslag. Presentasjonen til Nygård var klar, men underholdningen var det verre med. Christer hadde heldigvis vært mer positiv det siste, og nå stod han og gikk gjennom forslagene våre. Han prøvde og etterligne direktør Nygård der han stod med pekestokken og oppsummerte.

Ja, da har vi altså skuespillet "De tre Bukken Bruse" som et alternativ, sa han med en stemme som var helt lik direktør Nygård. Han gjorde noen fakter med leppene og tok en slurk av kaffe koppen, slik Nygård alltid gjorde. Jeg så bort på Ida som satt og smilte av Christers imitasjon, også Finn Abraham satt og humret og lo. Jeg begynte å le jeg også, og Christer bare fortsatte med mer innlevelse da han så at vi andre lot oss underholde. Vi lo alle lenge av imitasjonen, og Finn Abraham mest av alle. Igjen hadde jeg en følelse av at ikke alt var som det så ut med denne karen. Han virket annerledes nå, latteren og øynene var så ærlige. Merkelig type dette her tenkte jeg igjen. Latteren hadde lagt seg nå, og det var bare Ida som fortsatt humret litt. Det var stille lenge og alle satt en stund i egne tanker.

- Dette må vi bruke dere, sa jeg til slutt. Hva om vi lager en litt morsom utgave av presentasjonen til Nygård og Christer fremfører den med samme innlevelse som i dag.
- Vet ikke helt jeg, kom det fra Christer.
- Jo, kom igjen nå, dette blir bra og i forskningsrådet sitter jo mange kjenninger av direktøren, de vil sikkert synes dette er morsomt, sa jeg.
- Ok da Gunner, sa han og smilte litt skeptisk
- Jeg kan en vits vi kanskje kan bruke, sa Ida etter hvert.
- Bra, la oss høre brøt Christer inn.

Jeg ble med en gang veldig skeptisk, vitser blir gambling. Det slår sjeldent an og passer nesten ikke i noen sammenhenger. Liker verken å fortelle eller høre slike vitser hvor man ofte sitter igjen en flau smak av skivebom og dårlig respons. Men nå var vi så godt i gang at jeg holdt denne skepsisen for meg selv.

- Ok, da skal jeg fortelle der historien om lille Jonny, sa hun og fortsatte.

Historien om LILLE JOHNNY
Lille Johnny var den gløggeste gutten i klassen, og alltid den første som var ferdig med oppgavene. For at han ikke skulle forstyrre resten av klassen, sier frøken en dag: -Johnny, du er så flink at jeg blir nødt til å stille deg et ekstra spørsmål idag.
- Ok, greit det svarer Johnny.
- Hvis det sitter 5 fugler på en gren. Du har med deg en hagle og skyter
en av dem. Hvor mange sitter da igjen?
- Ingen, svarer Johnny raskt.
- Hva mener du... ingen?
- Vel, den ene stuper i bakken, og de andre flyr skremt avsted.
Frøken nikker motstrebende. -Svaret skulle egentlig vært 4, men jeg liker måten du tenker på Johnny.

Litt senere i timen rekker Johnny hånden i været.
-Ja, Johnny?
-Frøken, kan jeg få spørre deg om noe?
-For all del.
-Okay, Hvis det er 3 damer som står ved en iskrembil, og alle har fått seg iskrem. En av dem slikker på isen, den andre biter og den tredje suger på isen. Hvem av dem er gift?
-Frøken rødmer litt: -Ehh..jeg vet ikke helt, kan det være hun som suger på den?
-Nei, frøken. Det er hun som har ring på fingeren sin, men jeg liker måten du tenker på frøken!!!!!

Vi smålo litt alle sammen, det var for så vidt en god vits og latteren var ekte, men jeg var fortsatt skeptisk. Men det var tydeligvis ikke finn Abraham.

- Dritbra vits Ida, den må vi også bruke.

Stemningen steg denne dagen, og den siste dagen før møte gikk unna i en fei. Vi hadde det veldig moro sammen og jeg følte meg nærmere disse tre enn noen andre av kandidatene. Det hadde vært en god uke hvor jeg gledet meg til å gå på jobben.

Det var blitt fredag ettermiddag, og møte med forskningsrådet var i gang. Jeg satt med en rar følelse og lyttet til Nygård. Jeg var både lettet og skuffet på en gang. Besøket fra forskningsrådet ble kortere enn først antatt og underholdingen vi hadde planlagt gikk derfor ut av programmet. Men alt vi hadde laget skulle brukes i en annen sammenheng senere, hadde Nygård sagt da han pratet med oss før møte. Han hadde noe viktig å prate med oss om i dag, og ville at vi alle skulle samles til en prat når besøket var over. Jeg la tanken bak meg og konsentrerte meg om innlegget til Direktøren igjen.

Det er nettopp naturens minste byggesteiner det handler om i nanoteknologi. Nanoteknologene våre manipulerer atomer og molekyler. De skaper nye materialer og produkter ved å flytte atom for atom med digital kontroll og presisjon. Dette jobber vi med til daglig her i NANOTEC, og det er små skalaer vi prater om her. En nanometer er en måleenhet, og det går en milliard av dem på en meter. Det sies å være lengden som en fingernegl vokser i sekundet.

Nygård tok en liten kunstpause og kikket rundt på herrene som satt i konferanserommet. Han kikket til slutt ned på Finn Abraham, som raskt la på neste plansje i presentasjonen. Nygård fortsatte.

Til nå har nanoforskningen over hele verden hatt størst betydning innen materialvitenskap og elektronikk. Men atomer og molekyler er byggesteinene i all materie, også levende organismer, så teknologien vil bli viktig for praktisk talt alle områder. Mulige anvendelser spenner seg fra materialer som reduserer utslipp av karbondioksid fra gasskraftverk, til bittesmå sensorer som kan gå inn i blodbanen og søke etter kreftceller og uskadeliggjøre dem. På grunn av det nærmest ubegrensede anvendelsesområdet, vil denne teknologien føre til langt større endringer enn de som data-alderen skapte.

Den industrielle utviklingen går i sprang, og sprangene skjer når nye teknologier gir dramatisk nye muligheter innenfor et stort område. Med inntoget av nanoteknologien står vi foran et slikt sprang. Vi vet at teknologien vil få store konsekvenser for tradisjonell industri, og vi vet at det bare er én god måte å dra nytte av den på: ved å være med og utvikle den innenfor de områdene vi kan mest om. Utbredelsen av nanoteknologi kommer til å eksplodere innen 2012. Og derfor er det særlig viktig at vi er på banen allerede i dag. Helst i går.

- Og hvor stort blir det da? Spurte en av karene fra forskningsrådet.
- Som da Internett kom. Eller plaststoffene. Svarte Nygård og tok en slurk av kaffekoppen før han la til:

Men dette handler om langt mer enn duppeditter i dagliglivet. Vi håper at nanoteknologi vil gi ny industrireisning, Og jeg er overbevist om at nanoteknologien vil forandre hverdagen vår. De første produktene er allerede ute på markedet, og det er bare begynnelsen:

Allerede finnes et kamera så stort som en pille. Det svelges, tar bilder av fordøyelsessystemet, to i sekundet, og sender så signalene ut trådløst. Karbonnanorør er det nye superstoffet, en finmasket netting av kullatomer som er fire ganger lettere og hundre ganger sterkere enn stål. Det første forbrukerne vil se, er sportsutstyr der karbonnanorør blandes med plastmaterialer. Vi får ski, sykler og slikt som er vanvittig mye lettere og sterkere enn dagens utstyr. Brå ville aldri brukket staven hadde den vært laget av karbonnanorør!

Da besøket fra forskningsrådet var over, var alle kandidatene raskt samlet i grupperommet og ventet på Nygård. Det var en nervøs stemning, og nesten ingen som sa noe. Jeg merket selv at jeg lurte veldig på hva som nå skulle skje.

- Jeg vil vi skal ha en øvelse, en sammenkomst til nå til fredag, sa Nygård. - Det er helt frivillig å være med selvsagt. Men jeg vil virkelig anbefale dem som kan og delta. Øvelsen heter "Fyll & Foretning". Det var helt stille rundt bordet. Hva var dette for noe tull, tenkte jeg, og kunne se på alle de andre forstøkte ansiktene at jeg ikke var alene.

- Det er dessverre slik i næringslivet i dag at mange avtaler og kontrakter blir inngått i det uformelle rom. Eller rettere sagt i påvirkning av alkohol. Ofte i tilknytning til en middag eller sosiale samlinger etter viktige møter. Avtalene og kontraktene blir selvsagt ikke undertegnet i disse sammenhengene, men veldig mange ideer og avtaler ser dagens lys i lystige lag. Jeg ønsker at dere skal få muligheten til å teste dere til fredag.

- Mat og drikke vil bli servert utover kvelden. Og det er opp til dere og bestemme hvor mye den enkelte ønsker av drikke. Dette kan være en god mulighet for å finne ut hvor mange enheter alkohol dere tåler før man går inn i en tilstand som ikke lenger er forenelig med slike middager. Alt som skjer denne fredagen forblir innad i gruppen, så ingen trenger å være redd for å slå seg løs. Nygård smilte nå.

- Litt av poenget med øvelse "fyll og forretning" er nemlig og gå på en smell. Antall enheter alkohol blir kontinuerlig registrert for hver enkelt og vi vil ha forskjellige tester utover kvelden for å teste tilstedeværelsen. Hver time foretar vi også en promillekontroll.

Nygård tok en pause. Han studerte oss der vi satt med store øyne. Var dette en spøk tenkte jeg.

- Jeg ønsker at dere skal lære dere selv bedre å kjenne. Hvor mye alkohol kan hver enkelt konsumere før man ramler av lasset. Vi er alle forskjellige, og jeg skulle selv ønsket jeg hadde kjente mine begrensninger når jeg var på deres alder, han smilte igjen.

- Ok, dere som er interessert skriver dere opp på denne listen.

Nygård holdt frem listen og jeg var i overkant ivrig da jeg ved en lynkjapp bevegelse dro til meg listen og skrev navnet mitt øverst. Alle lo og Nygård smilte.

Jeg hadde avtalt å møte Martin utenfor treningssenteret kl 1800, men var som vanlig noen minutter for sen.

- Har du ventet lenge? Spurte jeg.

Martin svarte ikke, men virket bare oppgitt. Vi gikk inn i garderoben og skiftet. Martin var singel igjen, det hadde blitt slutt med Cecilie for noen uker siden, og han var litt mutt for tiden.

- Må ha litt oppvarming først, sa jeg da vi kom ut i lokalet.
- Vi starter med noen minutter på tredemøllen.

Det var 2 ledige maskiner ved siden av hverandre, og på den tredje løp allerede ei flott jente i bra driv. Martin smilte og skjønte hva jeg mente.

- Kan vi ikke heller prøve de stepp-maskinene hvor man også trener armene.

- Nei, ærlig talt Martin, du får meg ikke opp på en slik mongo maskin. - Mongo maskin, svarte Martin,
- Hva er det du prater om? Jenta på tredemøllen hørte tydeligvis på samtalen vår, for hun smilte litt for seg selv.
- Synes bare det ser så komisk ut på de maskinene der, sa jeg.
- Se på de folka der borte, man får liksom så merkelige dumme bevegelser, og det minner meg om dårlige TV-shop reklamer.

Jenta på tredemøllen var tydeligvis litt enig med meg, for hun og kikket bort på område med steppmaskiner, og smilte igjen. Men det skulle hun ikke ha gjort, for i neste øyeblikk tråkket hun feil og kom ut av takten. Hun ramlet plutselig ned på kne og for bakover i stor fart. Det kom et skrik før hun dundret inn i de store vinduene bak henne. Det var heldigvis noen tykke vinduer og de knuste ikke, men det gjorde nok likevel vondt. Jeg stod stille uten å gjøre noe og ble litt paralysert av denne hendelsen. Martin reagert heldigvis med en gang, og var raskt borte hos henne.

- Gikk det greit med deg, spurte han og holdt henne forsiktig i armen. Men han fikk bare noen stønn til svar. Det varte heldigvis ikke lenge før hun var på bena igjen.
- Huff, så flaut, visket hun.
- Neida, svarte Martin som fortsatt støttet henne, var jo ikke din feil.
- Er bare han idioten av en kamerat jeg har som alltid skal vitse og spøke om alt.
- TV-shop, sa han og så stygt på meg. Hun smilte og forsøkte å le litt, men det gjorde vist ennå vondt.
- kom, nå går vi to ned i kantina og slapper av med en

kaffe, sa han.

-Ja takk, svarte hun.

Jeg fortsatte treningsøkten alene, og så ikke mer til
Martin den dagen. Skal jeg alltid vitse og spøke om alt
tenkte jeg for meg selv, mens jeg løp der på tredemøllen.
Må kanskje begynne å være litt mer seriøs i enkelte
sammenhenger. Husker også Lise har sagt jeg at jeg
spøker og vitser for mye. Jeg bestemte meg for å bli litt
mer voksen, og skrudde opp farten på tredemøllen.

Etter en litt kortere treningsøkt en planlagt, alltid så
kjedelig å trene alene, var jeg ute i gatene igjen. Det
var litt snø i lufta nå og jeg beveget meg bortover mot
busstoppet. Da jeg stod og ventet så jeg noen mennesker
på andre siden av gaten. Det var et foreldrepar som gikk
og trillet en barnevogn. Og det var noe merkelig kjent
med mannen som førte vognen.

- Finn Abraham, ropte jeg plutselig høyt.

Kvinnen snudde seg raskt og så overrasket på meg, men
mannen reagerte ikke og gikk bare rolig videre. Kunne
jeg ta så feil, tenkte jeg. Det måtte da være ham, eller
vertfall en som lignet veldig. En bror kanskje, eller en i
familien. Men det var likevel noe som var annerledes,
han var penere kledd en Finn Abraham brukte å være.
Frisyren var bedre og han hadde ikke briller. Det var
noe som ikke stemte her, og jeg stod lenge og tenkte før
bussen endelig kom.

Fortsettelse følger........... (i neste novellesamling)

En dag i skogen

Denne historien er skrevet for:

Tegnet av Celine Hartmark Fjukstad

Pip og Kra er bestevenner. De er to små fugleunger som har holdt sammen så lenge de kan huske. Begge to er foreldreløse, de ramlet nemlig ut av redene sine da de var veldig små. Det var en kveld i et forferdelig vær at de møtte hverandre. Vinden blåste så fælt denne kvelden at alle trærne svaiet og ristet. Begge ble kastet ut av de trygge redene sine, og de møttes under en stor tømmerstokk da de søkte ly i det fryktelige været. Siden denne dagen har de alltid vært sammen.

Verken Pip eller Kra kan fly, det rakk de aldri å lære før de havnet på bakken. I dag er de snart åtte uker gamle begge to, og har hoppet rundt på bakken det meste av livet sitt. De andre fugleungene på deres alder har allerede lært å fly, og de flakser med vingene når de flyr mellom trærne i den tette skogen.

Pip skulle ønske at han også kunne fly, han vet bare ikke hvordan man gjør det. Kra synes ikke det er så sabla viktig med flyge greiene, han synes egentlig det er best på bakken. Her finnes det masser av mat som han sier, og så slipper man jo å være redd for å få høydeskrekk.

Kra er en grå kråkeunge som nesten ikke er redd for noen ting. Han er en bustete liten klump som alltid er i godt humør. Kra mangler riktignok noen fjær her og der, men det bryr han seg lite om, det er bare sjarmerende mener han. Pip er en liten kjøttmeis av den litt forsiktige typen. Han er mindre enn bestevennen sin og ganske skvetten av seg. Pip ser alltid velstelt ut og mangler ingen av fjærene sine. Selv om han kan bli fort redd er han veldig smart til en fugleunge å være, og det kan være kjempe viktig når man bor nede på bakken. For selv om det finnes mye mat her nede, finnes det også mange farer. Det bor masse forskjellige dyr i skogen og ikke alle av dem er snille. Mye av grunnen til at de to vennene har klart seg bra så langt, er Pip's evne til å lure dem ut av farlige situasjoner.

Selv om Pip og Kra bare er åtte uker gamle, har de allerede opplevd mye rart, og denne gangen skal jeg fortelle dere historien da de møtte delfinen Mario.

En dag Pip og Kra var ute og gikk i skogen hørte de noen merkelige lyder. Pip ønsket egentlig at de skulle gå en annen vei, med Kra ville som vanlig undersøke alt som var mystisk. De gikk videre mot lydene som ble sterkere og skumlere jo nærmere de kom. De hørte snart knurring og brøling fra noe som måtte være kjempe stort. Da de kom til en liten slette inne i skogen, så de hva som laget de skumle lydene. Pip ble med en gang stiv av skrekk og klarte ikke røre seg.

Noen meter lenger fremme så de en stor ulv som satt fast i ei stygg felle. Han hadde tydeligvis veldig vondt og det rant litt blod fra det ene beinet som satt fast i fella. Pip ble svimmel og holdt på å besvime av synet som møtte dem.

- Slapp av sa Kra, da han så hvor redd Pip var blitt.
- Det er bare en liten hund som sitter fast, den er sikker kjempe snill.
- Det der er ingen vanlig hund, stammet Pip. Det er jo King, lederen for ulveflokken her i skogen.

Ulven hadde sluttet med knurringen da den så de små fugleungene som nærmet seg. Den stod nå og kikket på dem mens den pustet tungt.

God dag Herr ulv, sa Kra og gikk litt nærmere. Jeg ser du sitter fast, er det noe vi kan hjelpe deg med. Det må jo være veldig kjedelig å sitte her hele dagen.

Det hørtes et lite dunk bak dem. Det var Pip som besvimte, og Kra løp tilbake til vennen sin for å hjelpe. Pip kom seg heldigvis raskt på bena igjen, men var fremdeles litt svimmel.

- Jeg er King, sa den store ulven til slutt. Takk for tilbudet små venner, men dere er nok altfor små til å hjelpe meg. Når ikke engang jeg klarer å slite meg løs, er det ingenting dere kan gjøre. Den eneste i skogen som er sterkere enn meg er Bamse, og vi er ikke akkurat venner for tiden, sukket King oppgitt.

- Hvis vi setter deg fri, svarte Pip og kom litt nærmere.

Han var ikke like redd lenger, nå som King hadde sluttet å knurre.

- Lover du da å være snill med oss, fortsatte han.
King begynte først å le litt, men så sa han alvorlig.
- Hvis dere får meg fri, vil dere være mine venner for alltid, og ingen av ulvene her i skogen vil gjøre dere vondt.

- Så flott ropte Kra og begynte og hakke på den dumme fella.
- Vent nå litt Kra, sa Pip, dette er en moderne ulvefelle. Maxi 2000 tror jeg modellen heter og den er ganske enkel å åpne.

Helt nederst på ulvefella var det en liten metallsplint som hold fella sammen. Pip forklarte Kra at de måtte fjerne denne for og få King løs. Kra tok godt tak i splinten med nebbet sitt og dro av all sinn kraft. Men splinten ville ikke rikke seg.

- Jeg trenger vist litt hjelp sa Kra, og Pip tok tak i den kraftigste av fjærene på ryggen til Kra og begynte og dra av all sin kraft han også.

Plutselig var det noe som løsnet og Pip ramlet bakover. Kra hylt og skrek der han hoppet rundt mellom bena til King. Pip merket etter vert at han fortsatt holdt fjæra til kra i nebbet sitt. Det var altså fjæra til Kra som hadde gitt etter.
- Jeg er lei for det Kra, sa Pip. Jeg vet jo at det var en av favoritt fjærene dine.

Det er ikke så farlig, stønnet Kra, den vokser sikkert ut igjen. Kom, la oss prøve en gang til, men denne gangen tar du tak i vingen min. Pip gjorde som Kra sa og de dro og dro alt de maktet. Endelig løsnet splinten og ulvefella åpnet seg med et smell. King gjorde et byks vekk fra fella samtidig som han brølte så bakken ristet. Det gjorde nok vondt da ulvefellen åpnet seg og Pip ble igjen stiv av skrekk. Heldigvis besvimte han ikke denne gangen. King roet seg og kikket ned på de små fugleungene nede på bakken.

- Dere er sannelig skogens helter i dag, og jeg er dere evig takknemlig. Skulle dere noen gang trenge hjelp, vil jeg King og alle ulvene i denne skogen stå til tjeneste. Nå må jeg tilbake til flokken min. Vi treffes igjen mine venner, sa han til slutt og gjorde byks inn i den tette skogen.

- Hørte du det Kra, sa Pip. Vi blitt venner med ulvene og han kalte oss for helter.
- Kom, nå går vi ned til stranden og tar oss en dukkert, jeg har nemlig hørt at saltvann er godt for avrevne fjær.

Kra kikket ned på fjæren på bakken og ristet litt på seg,

- Den vokser nok ut igjen, vi går ned til stranden og får litt saltvann på kroppen.

Nede ved den lille stranden i utkanten av skogen var det et voldsomt leven. Det lå en delfin på stranden og den virket veldig redd. Den pep og skrek og klarte ikke komme ut i vannet igjen.

Over delfinen kretset to måker som hylte og lo av
delfinen, de byttet på å stupe ned å hakke på halen til
delfinen som ikke kunne forsvare seg.

- Å nei, sa Pip.
- det er jo måkene Jim og Viggo. Jim og Viggo er noen
dumme pøbelmåker som alltid er ute og lager trøbbel.
De pleier alltid å erte Pip og Kra for at de ikke har lært
å fly. Og noen ganger flyr de også rundt med kongler i
nebbe som de prøver å treffe Pip og Kra med.

Denne gangen brukte de konglene til noe ennå verre.
Delfiner puster nemlig med et hull de har på ryggen og
ikke med munnen. Og måkene forsøkte å treffe dette
pustehullet med konglene. Den stakkars delfinen kunne
ingenting gjøre mens Jim og Viggo siktet seg inn med
konglene sine.

- Vi må gjøre noe sa Kra. Men hva kunne de gjøre, ingen av dem kunne jo fly.
- Jeg tror jeg har en plan sa Pip plutselig. Og etter å ha pratet litt sammen nikket Kra besluttsomt tilbake.
- Ok, da setter vi i gang.

Han løp ut på stranden og flakset med de bustete vingene sine.

- Hold opp med dette øyeblikkelig dumme pøbelmåker ellers skal der få med oss å gjøre, skrek han.

Det ble stille en stund og Jim og Viggo kikket rart på hverandre før de begynte å skrike og le igjen.

- Se der Viggo, det er jo Bolla og Småen som har kommet for å skremme oss bort, lo Jim.
- Kom vi tar dem. Men akkurat da hørte alle Pip sin stemme borte ved skogholtet.
- Kom tilbake Kra, kan vi ikke heller dra til tivoliet nede ved den store bekken, sa han.
Jim og Viggo så på hverandre igjen.
- Tivoli Jim, hørte du det. Det må vi sjekke.
- Ja vi drar ned med en gang, kom.

Og begge pøbelmåkene fløy så raskt de kunne mot den store bekken.

- Nå må vi være raske, sa Pip da måkene var borte. Det er ikke lenge til de finner ut at det ikke finnes noe tivoli ved den store bekken, og da vil de være kjempe sinna når de kommer tilbake.

- Ok, la oss høre med delfinen.
- Hei delfin, hva heter du og hvorfor ligger du her på stranden og soler deg, sa Kra når de kom helt bort.
- Jeg heter Mario, sa delfinen. Tusen takk for hjelpen. Jeg drev og hoppet og lekte meg skjønner dere. Jeg viste ikke at jeg var så nærme land, og plutselig hoppet jeg inn her på stranden. Og nå kommer jeg meg ikke ut igjen.
- Klart vi skal få deg ut i vannet igjen, sa Kra.
- Ja det skal vi, sa Pip, men jeg tror vi trenger litt hjelp.

I utkanten av skogen langs stranden dukket plutselig to skikkelser opp.

- Se der sa Kra og pekte mot skogen. - Det er to ulver fra ulveflokken til King, de kan sikkert hjelpe oss.
- Vær nå forsiktig Kra, det er ikke sikkert de vet hvem vi er, sa Pip men nervøs stemme.

Kra hoppet bortover mot de store ulvene. - Hei dere to, kom ned til oss med en gang, vi trenger litt hjelp.
De store ulven kikket rart på hverandre før de begynte å gå mot delfinen som lå på stranden.

- Nei jøss, sa den ene av ulvene. Her ligger det jaggu et gratis måltid og venter på oss.
- Dette er ikke noe gratis måltid, sa Kra. Dette er Mario, en venn av oss og han trenger hjelp til å komme ut i vannet igjen.

Ulven kikket på hverandre igjen før de begynte å le.

- Og hvorfor skulle vi hjelpe dere to om jeg tør spørre, sa den ene.

- Fordi vi er nære venner av King, svarte Kra. Og han skylder oss en tjeneste.

Ulvene stoppet å le og ble stille en stund. De hadde tydeligvis stor respekt for King. De begynte å diskutere stille seg imellom, før den ene av ulvene plutselig begynte å løpe mot skogen.

- Ok småen, sa den store ulven som var igjen på stranden. Kammeraten min har dratt tilbake til ulveflokken for å høre om dette stemmer. - Og viser det seg at alt dette er tull, så er det ikke bare delfin som står på menyen.

Pip var igjen blitt stiv av skrekk og klarte ikke røre seg. Også Mario så svært nervøs ut og sa ingenting.

Det varte ikke lenge før det hørtes en buldrende lyd fra skogen, og bakken begynte også å riste ettersom lyden kom nærmere. Plutselig kom King løpende ut fra skogen med hele ulveflokken etter seg. Det må ha vært nesten 20 ulver han hadde med seg.

- Hallo igjen mine venner, sa King, da han kom bort til Pip og Kra.
- Hva er de vi kan hjelpe dere med?

Pip var ikke like nervøs nå som King var kommet, og begynte å forklare om Mario som ikke kom ut i vannet igjen. Det ble stille en stund, og King tenkte lenge.

- Jeg er redd dette blir vanskelig mine venner, jeg tror ikke vi klarer å trekke Mario ut i vannet uten å skade

ham med de skarpe tennene våre, sa han til slutt.
- Jeg har en god ide sa Pip. Ulvene bak King så alle rart
på hverandre. De lurte nok fælt på hvem disse små
fugleungene var, og hvorfor de var venner med King.
- Om vi graver en renne fra havet og inn til Mario, så vil
den fylles med vann og Mario kan svømme ut igjen.
Dere er sannelig noen smartinger, sa King til slutt, en
utmerket ide.
- Vel, hva er det dere venter på, sa han til ulveflokken
sin. Sett i gang, dere hørte hva han sa. Og alle ulvene satt
i gang med å grave en renne på stranden.

- Og pass på at dere ikke skader vennene våre, sa han
tilslutt.

Kra var nemlig midt i mylderet av ulver og gravde for
harde livet han også. Det var nok ikke så mye han selv
kunne bidra med i selve gravingen, men det var det
ingen som brydde seg om. Alle Ulvene var i vertfall svært
forsiktige så de ikke skulle tråkke på han, der han hoppet
rundt mellom benene deres.

Det varte ikke lenge før vannet begynte å strømme inn
kanalen som gikk bort til Mario. Da det var kommet nok
vann gjorde han et par plask med halen sin og begynte
å skli ned mot vannet. Mario jublet av glede da han var i
havet igjen, og hoppet og svømte rundt omkring.

- Tusen takk alle sammen ropte han inn mot stranden.
Ulvene var andpustne der de stod og ventet bak King.
- Tusen takk for hjelpen alle sammen sa Pip.
Selv takk, sa King, dere er sannelig skogens helter, og vil
alltid være våre venner.

- Men nå må vi gå, sa han og kikket bak på ulveflokken sin.

De begynte alle å løpe mot skogen igjen.

- Må hell og lykke følge dere til vi møtes igjen, ropte King før han forsvant inn i skogen.

Pip og Kra gikk ned til Mario som ventet nede ved vannet.
- jeg må også gå, sa Mario, familien min lurer nok veldig på hvor jeg har vært i dag. - Men om dere vil så kan vi møtes i morgen, så skal jeg vise dere en hemmelig øy ute i havet.
- det hadde vært kjempe gøy, sa Kra
- Ok, da ses vi i morgen, tusen takk for hjelpen. Mario svømte utover og ble snart borte i bølgene der ute på havet.

- Kom, sa Pip, nå går vi hjem og får oss litt god mat, det har vært en spennende dag.
- Ja, det har vært kjempe spennende, sa Kra, men jeg gleder meg mest til i morgen og den hemmelige øya til Mario.
- Jeg gleder meg også, sa Pip.

De to bestevennene begynte til slutt å ta fatt på den lange veien hjem.

Kommende utgivelser i serien om Pip & Kra:

- *Mink Øya*
- *Skogens dag (tivoli)*
- *Spion edderkopp*
- *En dag i byen*

www.ingramcontent.com/pod-product-compliance
Lightning Source LLC
Chambersburg PA
CBHW060127260626
47160CB00005B/2039